❖ 新文化运动与百年中国 ❖

新文化运动与百年新思潮

姚舒扬　陶梦真　商雪晴/著

图书在版编目(CIP)数据

新文化运动与百年新思潮/姚舒扬,陶梦真,商雪晴著.—合肥:安徽大学出版社,2016.5
(新文化运动与百年中国/刘勇,李春雨主编)
ISBN 978-7-5664-1137-2

Ⅰ.①新… Ⅱ.①姚… ②陶… ③商… Ⅲ.①五四运动-研究②文化史-研究-中国-现代 Ⅳ.①K261.107②K260.3

中国版本图书馆CIP数据核字(2016)第123822号

新文化运动与百年新思潮　姚舒扬　陶梦真　商雪晴/著

出版发行:	北京师范大学出版集团
	安 徽 大 学 出 版 社
	(安徽省合肥市肥西路3号 邮编230039)
	www.bnupg.com.cn
	www.ahupress.com.cn
印　　刷:	合肥远东印务有限责任公司
经　　销:	全国新华书店
开　　本:	170mm×240mm
印　　张:	11.25
字　　数:	141千字
版　　次:	2016年5月第1版
印　　次:	2016年5月第1次印刷
定　　价:	28.00元

ISBN 978-7-5664-1137-2

策划编辑:赵月华		装帧设计:李　军	
责任编辑:胡　旋		美术编辑:李　军	
责任印制:陈　如			

版权所有　侵权必究
反盗版、侵权举报电话:0551-65106311
外埠邮购电话:0551-65107716
本书如有印装质量问题,请与印制管理部联系调换。
印制管理部电话:0551-65106311

总序

今年是《新青年》创刊一百周年。作为新文化运动的主阵地,《新青年》虽然只办了十余年,但是它的精神贯穿于之后一百年的中国历史进程。可以说,《新青年》一百年就是中国新文化的一百年,就是中国新文学的一百年,就是中国现代化进程的一百年!

回首这一百年历程,中国的政治地位经历了一个从屈辱到崛起、从边缘到核心、从"不平等、不独立、无自主权"到"有自己特色的大国外交"的艰辛过程;中国的经济发展经历了一个从低迷到繁荣、从被动接受到主动谋求、从仅仅享有"短暂的春天"到成为"世界的焦点"的曲折过程;中国的教育事业则从蔡元培的北大改革、张伯苓的南开规划、晏阳初的定县实验、梁漱溟的乡村建设,到今日的体制改革、招生改革、课程改革,经历了一个"上下而求索"的过程。当然,这些深刻的变化、卓越的成就,都是一个世纪以来几代中国人前仆后继、英勇奋斗的结果。当我们站在今天的历史高度,重新审视这一百年来的路程时,我们不能不充分认识到,新文化运动这个重要起点所起到的不可替代的特殊作用。没有新文化运动,就没有今天中国的辉煌。可以说,新文化运动是20世纪中国极重要的一笔精神财富。

本套丛书共分六卷。在《新文化运动与传统文化》中我们可以看到,在面对西方文化冲击之时,中国的有识之士对孔教、儒学、文言文等传统文化进行了一系列集中而猛烈的攻击。"反叛"是新文化运动重要而非唯一的特征。在反叛之中更有一种对传统文化的"反思"。换言之,新文化运动不能也不会脱离传统文化的母体。真正传统的东西是反不了的,一反就倒的只能是历史的残渣。在一片"反传统"的呼声之中,新文化运动可谓以激进态度批判传统文化的典型。需要注意的是,新文化运动虽然一方面在试图与古老的传统文化决裂,但另一方面却有意无意地向传统文化回归,它是横跨传统与现代的。《新文化运动与世界文明》则是从"放眼以观世界"的角度来挖掘世界文明对新文化运动的种种影响。20世纪初,中国的社会环境、时代背景需要引进西方的文化和思想来改变中国的落后面貌。新文化运动期间,国人在吸收外来文化方面作了很多有益的尝试,无论是介绍优秀的文学作品、先进的科学理念,还是社会制度,其最终目的都是寻找变革中国的方式与方法。《新文化运动与百年新思潮》是将新文化运动看作中国历史上一次由传统向现代过渡的思想文化运动。伴随着时代的变革,新文化运动以其思想的革新之力,对民俗风土摆脱封建,社会文化以新代旧,中国政治走向"民主""科学"等都产生了重大的影响。正是在不同声音、不同视角、不同立场的碰撞与交融下,新文化运动为后人开创了一个崭新的时代。《新文化运动与百年新文学》是从中国文学的大变革、大发展看新文化运动的影响与价值的。正是在新文化运动的促进与推动下,传统的文学观念发生了重大变化,文学语言获得了解放,文体形式经历了全面革新,中国文学与世界文学建立了密切的联系。正如蔡元培在《中国新文学大系》总序中所指出的:"为什么改革思想,一定要牵涉到文学上?这是因为文学是传导思想的工具。"《新文化运动与百年教育》以"教育"为切入点,探讨自新文化运动伊始,教育在国家发展中所扮演的重要角色。新文化运动时期,是新式教育教学方法的诞生与发展时期,是教育实践者开展多种运动的时期,也是教育制度、教育理念的不断探索与革新的时期。正是这些最初步的探索,对我国当代教育事业的发展产生了不可磨灭的影响。《新文化运动与百年中国梦》是一次百年寻梦之旅,呈现的是一幅幅创造梦想、延续梦想、传递梦想的画卷。百年中国梦的一个重要源头在于新文化运动,而新文化运动也源源不断地在为后世提供养料,提供动力,这是一个动态的、持续的过程。如果我们追本溯源,回到梦的起始,将会从五四新文化运动中获得更多的启示与力量。

从新文化运动发生至今,中国已经走过了一个世纪,如果要为这一个世纪选出几个关键词的话,那就是"新文化""新青年""新文学"。这三个"新"给中国带来一个世纪天翻地覆的变化,并成为我们取之不尽、用之不竭的宝藏,至今都让我们有所收获、有所感悟,而它更多的价值和意义,我们还需要更长久的时间去发现,去探索。我们将从新文化运动中汲取更多的力量,走向更大的辉煌。

刘　勇　李春雨

2015 年 5 月于北京

目录

1 / 卷首语

1 / "重新估定一切价值"的时代

6 / 救亡与启蒙

12 / "仿他人之新"与"重自我反思"

17 / "问题"与"主义"

22 / 学习与运动

27 / "立人"与"立国"

33 / 人,各有自主之权

38 / 家庭关系中的"父、子、夫、妻"

43 / 为女性觉醒而呐喊

48 / 杰出的时代知识女性

54 / "男女同校"大争论

59 / "社交公开"大讨论

64 / 从男尊女卑到男女平等

70 / 从"多子多福"到"丁克家族"

76 / 从道德谴责到呼吁废娼

82 / 妇女解放 从经济独立开始

88 / 尊重女性 从平等继承权开始

93 / 爱情的定则

98 / 婚姻自由的开端

103 / 用科学精神看团圆观念

109 / 用科学精神看"常识意识"

114 / 从民本主义到民主主义的演变

119 / 民族自决和国民自治

125 / 振奋人心的口号——"劳工神圣"

131 / 激励人心的制度——社会福利

137 / 用歌声唱出的解放

142 / 用服饰穿出的自由

148 / 用图画绘出的开放

154 / 新村主义的失败与启示

160 / 改造中国社会的良方

167 / 后　记

卷首语

　　新文化运动中的先进知识分子从思想文化上探索中国的出路,掀起阵阵思潮,为中国带来了新时代的曙光。他们提倡民主,反对专制,要求实现自由和平等;他们提倡科学,反对迷信,要求以理性判断一切。新思想的潮水以不可阻挡的气势激起朵朵浪花,带来矛盾的张弛、文化的冲突和制度观念的变迁,为中国的独立和富强做足了思想上的准备。而这种理念上的风云变幻也搅动起普通人的思想潮水,个性解放和独立成为每个人最基本的要求。总之,新文化运动时期各种社会新思潮滚滚向前,冲击着国人头脑中一切的陈旧与腐朽,带来了新的思维与观念,这使得中国的方方面面都发生了日新月异的变化。

　　为了更加深入地了解新思潮的涌现究竟为中国带来了哪些变化,本卷立足于详实的史料,从社会的不同层面出发,生动、全面地展现了新文化运动以来百年中国思想的进步与发展。从国家的角度而言,面对新旧时代交替的各种思潮,新文化运动的主力之一胡适首先提出了

"重新估定一切价值"的口号。时代在变化,引领一个时代的价值观必然也要发生变化。一味地传承旧思想,只会阻碍国家的进步和发展,"破旧立新"才是实现国家长治久安的根本途径。在这一新态度的影响下,先驱们展开了对国家前途和命运的激烈讨论,是"救亡"还是"启蒙",是"仿他人之新"还是"重自我反思",是"立人"还是"立国",每一个焦点都带来新思潮的变迁,进而影响整个国家发展的方向。

从个人的角度来说,新思潮唤醒了对个人价值的追求,"易卜生主义"被提倡后,人们也开始自觉地思考自己的定位,在女性解放方面表现尤甚。这时期,女性接受新的思想,力争做到经济独立,并争取平等继承权、婚恋自由权、平等教育权等,追求自己的价值,用事实说话。在个人对新思潮的广泛接受之下,社会上逐渐形成了良好的风气,比如男女社交公开、男女走向平等、制度上福利思想近代化等,形成了良好的社会氛围。

此外,在辛亥革命失败的打击下,中国的知识分子开始深入地反思中国落后的根源,高举起"民主"和"科学"的大旗。从最初倡导资产阶级民主,不加区分地学习西方自然科学,到后来走上马克思主义道路,发展中国特色社会主义民主科学,这一切源于新文化运动期间对"民主"和"科学"的提倡。这一新思潮的涌现不仅促使人们用科学精神看待"团圆观念"、更新"常识意识"、探讨"民主"的内涵所在,而且也同时促发了艺术在新风下的不断变革:在歌曲方面,人们可以大胆地表白强烈的爱情愿望;在服装设计方面,人们可以随意地展现个性的审美意识;在绘画方面,人们可以自由地展现新社会风貌下的生活百态……

时至今日,新文化运动已经过去了一百年,在这一个世纪的风云变幻中,新思潮的影响经久不衰。按照"重新估定一切价值"的评判态度,一代又一代先进知识分子不断更新思想观念,在争论的同时不忘付诸实践,真正为中国的发展提供方向上的引导。在不断涌现的新思潮的带动下,中国国家实力不断提升,综合国力排名也进入世界前列,在重大国际事务中取得越来越多的话语权,国家的发展步入了一个新的台阶。更为重要的是,作为一场唤醒人和改造人的"人的运动",新文化运动在本质上完成了对"人"的发现,从女性觉醒、男女平等,到个性解放、以人为本,逐步形成了当今社会自由、和谐的良好氛围。作为一场真正的思想启蒙运动,新文化运动对旧思想和旧文化产生了强烈的冲击,为中国真正走上现代化道路做足了思想上的准备。它倡导的"民主"和"科学"思想,随着马克思主义在中国的传播和完善,随着"中国特色社会主义"的提出和发展,正逐渐成为新时期中国发展的主流意识。

历史的车轮不断向前,不会因为某一个时代的昌盛而停止不前,也不会因为某一个时代的落后而加速转动。然而,先进的思想总是会在历史与时代的兴衰交替中不断被承继,历久弥新。新文化运动时期的新思潮就是如此,带来的那些新的思想不仅影响着当时国人的思想意识和思维观念,即便是在百年后的今天仍然熠熠生辉,富有意义。可以说,没有百年前的那场思想潮水的搅动,就不会有如今这般众多制度的更迭、生活模式的创新以及社会风气的优化。于今日反思,我们应吸收百年前新思潮的众多有益之处,应用于当下。用理念指导实践,以实现中国更加繁荣强盛的愿景。

"重新估定一切价值"的时代

新文化运动的蓬勃发展,昭示着中国迎来了一个新的时代。在大革命以摧枯拉朽的声势席卷中国大地的同时,社会思潮也发生着剧烈的变动。很多传统的旧思想已经不适应社会发展的脚步,先进知识分子在对其进行大力挞伐的同时,不遗余力地推动着新思潮。

在那个新旧更替的时代,各种新思潮围绕着"如何改造中国社会"的中心命题,形成了百家争鸣的生动局面。而谈起新思潮的意义,胡适认为,"新思潮的根本意义只是一种新态度。这种新态度可叫做'评判的态度'","评判的态度,简单说来,只是凡事要重新分别一个好与不好"。具体来说,评判的态度有三点要求:一是对于习俗相传下来的制度风俗,要问"这种制度现在还有存在的价值吗";二是对于古代传承下来的圣贤教训,要问"这句话在今日还是不错嘛";三是对于社会上糊涂公认的行为与信仰,要问"大家公认的,就不会错了吗?大家这样做,我也该这样做吗?难道没有别样做法比这个更好,更有理,更有益吗"。对于旧习俗、旧思想,我们不能不加选择地继承、发扬,更加要检验这种"旧"是否适应"新"的局面。

评判的标准蕴含着批判陈规陋习的精神,对于传统文化的价值观念,肯定之中有质疑,质疑之中又有继承。对此,胡适得出结论:"'重新估定一切价值'八个字便是评判的态度的最好解释。"可以说,"重新估定一切价值"是新文化运动的理论旗帜,它指引着价值观念"破"与"立"的双向变动。一方面,对于一切传统的价值观念和价值判断都要进行质疑和批判,旧的价值观在新文化运动的猛烈冲击下基本走向解体;另一方面,萌生于鸦片战争时期的新的现代价值观,在先进知识分子的筛选和倡导下,得以确立并发展起来。"民主""科学""自由""平等""社会主义",这些深刻影响20世纪中国思想界的价值观都在这一时期得到了广泛传播并深入人心。

要实现"重新估定一切价值"的目标,首先要打破传统的旧价值观,而"孔教"作为其最集中的体现,更是受到先驱们强烈的反对和批判。新文化运动开展之前,中国面临着极其严峻的社会现实考验。辛亥革命虽然推翻了清王朝,却并未带来国民思想的根本转变。袁世凯执政后,一方面实行独裁卖国的政策,一方面提倡尊孔读经,做着登基称帝的美梦。1917年,一直主张奉孔教为"国教"的康有为,联合因禁止部下剪辫子而被称为"辫帅"的张勋,拥护溥仪复辟,公然上演了一出复辟帝制的闹剧。社会上,传统的纲常观念仍然钳制着许多人的思想,包办婚姻、买卖婚姻、未婚妻殉夫、少女守节等现象到处可见。

张勋复辟,溥仪再披龙袍

正是这种自上而下的混乱现实局面,促使先驱者觉悟,起身反抗。

1916年11月,陈独秀发表《宪法与孔教》,提出"孔教本失灵之偶像,过去之化石"针对当时社会上热议的"孔教"问题,陈独秀认为应该讨论的并非"孔教"是不是宗教、可不可以定入宪法的问题,而是"孔教"是否适应民国当下的教育精神,并在文末得出结论:对于与新社会、新国家、新信仰都无法相容的"孔教",一定要有彻底打倒的觉悟和决心,"不塞不流,不止不行"。李大钊也在《自然的伦理观与孔子》一文中,从伦理观上对孔子之道作了分析,指出伦理道德随着社会的改变而改变,随着社会的进化而进化,孔子所提

陈独秀

倡的伦理道德已经不适应当时的社会,即使放任它自然淘汰也终将归于灭亡。可见,新文化运动时期的知识分子都是站在理性的角度,从国家的现实情况出发,对阻碍新社会发展的旧观念、旧思想进行揭露,希望通过这种方式引起新思潮的变迁,并非一味地反对传统文化。李大钊曾指出:"余之掊击孔子,非掊击孔子之本身,乃掊击孔子为历代君主所雕塑之偶像的权威也;非掊击孔子,乃掊击专制政治之灵魂也。"陈独秀同样说明批判儒家思想并不是因为它不适应当今的社会,而是因为有人明明知道孔子之道不适用于当时社会,还想以此支配国家,使之成为文明进步的巨大阻力。

先驱们努力破除传统的旧价值观,是为了树立新的价值观。1915年,陈独秀在《青年杂志》创刊号上发表的《敬告青年》一义,十分鲜明地把倡导新文化的目标宣示出来,实际上成为新文化运动的纲领,吹响了新文化运动的号角。"予所欲涕泣陈词者,惟属望于新鲜活泼之青年,有以自觉而奋斗耳"。在这里,他向中国青年明确提出了"新鲜活泼之价值"的追求目标。他所呼唤的"自觉",就是对新价值观的选

择与确立;他所主张的"奋斗",就是对旧价值观的批判与解构。在他看来,实现中国价值观的新旧更替,正是他所寄于中国青年的希望。为此,他对中国新青年提出了六项标准:自主的而非奴隶的、进步的而非保守的、进取的而非退隐的、世界的而非锁国的、实利的而非虚文的、科学的而非想象的。陈独秀在阐明这六项标准之后,着重提出"科学"和"人权"正如"舟车之有两轮",正是近代

《新青年》杂志

欧洲之所以优越于他民族的原因,国人想要摆脱蒙昧、浅化,就应该"急起直追","以科学和人权并重"。

  为了更好地传播新思想,树立新观念,先进知识分子以《新青年》作为思想文化变革的主要阵地,为新文化运动的开展作出了巨大贡献。1915年9月15日,陈独秀主编的《青年杂志》在上海创刊,第二年改名为《新青年》。之所以创办《青年杂志》,是因为"二次革命"失败后,中国的时局变化使陈独秀深受刺激。他认为在中国搞政治革命没有意义,想要拯救中国,建立共和制度,首先要进行思想革命。经过一番努力,《青年杂志》由上海群益书社出版发行,自此成为新文化运动的思想阵地,而聚集在这一阵地上的先驱们,更是以"重新评估一切价值"的眼光,围绕社会上存在的种种问题开展一系列讨论。他们除了重新评判孔子,抨击文化专制,倡导思想自由,还举起了"民主"与"科学"的大旗,广泛地吸收和运用西方文化。无论是陈独秀主张的"以欧化为是"、胡适提出的"输入学理",还是蔡元培推行的"兼容并包",都以恢弘的气度、充沛的热情大力吸收新的信息,迎赶世界潮流。在《新青年》的带动下,各种报刊和出版物争相译介西方自文艺复兴以来的理论著作,刷新了中国人的观念意识,为批判封建专制文化提供了各式思想武器。

重新估定一切价值,当然不能固守于一国范围之内。著名的军事理论家蒋百里曾说,新思潮有两大特性:一曰"世界性",因为问题是为世界人类所共同面对的,所以新思潮的目标在全部人类,而不是一个国家、一个民族的部分人类;二曰"实在性",即新思潮要解决实际生活中面临的问题,而不能只是空谈。"吾以为是二性者,为今日思潮之本质而同时亦可为其径路进展之方针"。

其实,"重新估定一切价值"是大变革时代的一种常态,更应该成为一种不断进步、不断发展的社会的常态。回顾百年来我们走过的历史轨迹,只有树立起与时俱进的正确价值观,才能对我们的行动产生积极有益的指导,"重新估定一切价值"所体现出的"破旧立新"精神对当今社会仍有借鉴意义。2014年2月12日,《人民日报》头版刊登了二十四字"社会主义核心价值观",这是马克思主义与社会主义现代化建设相结合的产物,与中国特色社会主义发展要求相契合。以此为起点,我们更要做到"重新估定一切价值",在全新价值观的引领下,努力创造新时期的新发展。

知识链接

二次革命

"二次革命"发生于1913年,即"讨袁之役",又称"癸丑之役"。是以孙中山为首的资产阶级革命派,继辛亥革命后发动的反对袁世凯的武装斗争。1913年3月20日,国会召开前夕,国民党代理理事长宋教仁被刺杀。4月,袁世凯又非法签订了善后大借款,准备发动内战,消灭南方革命力量。孙中山看清了袁世凯的反动面目,从日本回国,力主武装讨伐袁世凯。"二次革命"以失败告终,1913年10月6日,国会选举袁世凯为第一任正式大总统。11月4日,袁世凯以"叛乱"罪名下令解散国民党,国会由于人数不足而无法运作,不久也被解散。袁世凯从此成为寡头总统,并于1915年后称帝。

新文化运动与百年中国

救亡与启蒙

近代以来，救亡与启蒙就成为中国社会必须要面对的主题。鸦片战争使泱泱中华一步步成为他国的盘中之餐，不断走向半殖民地的深渊。在灭国之危中，救亡成为时代的主旋律。之后，新文化运动兴起，新的思想如孔雀开屏般异彩纷呈，启蒙的呼声不断提高且超越了救亡，声势大涨。五四运动爆发后，时代的危亡局势和剧烈的现实斗争迫使救亡又一次全面压倒启蒙。就这样，救亡与启蒙相互交织，开启了近代中国的探索之路。

这探索之路最先从救亡开始。鸦片战争使中国人在西方的坚船利炮下丧失了"天朝上国"的优越感，意识到自己的不堪一击。紧接着，这座古老的帝国又被日本——这个人们印象中的偏远小国、未开化的蛮夷之邦打败。中国这位自尊自大的老人，陷入了空前的恐慌与耻辱中。然而，帝国主义列强并未给中国丝毫喘息之机，不久就掀起

瓜分中国时局图

瓜分中国的狂潮,疯狂蚕食中国土地,逼迫中国签订一系列不平等条约。中国开始祸患盈门,岌岌可危。于是,在这样的背景下,中国人怀着救亡的目的,为驱散亡国灭种的阴影,开始了不屈不挠的斗争。从秉持"师夷长技以制夷"观念,试图军事救国的洋务运动,到受到西方民主思潮影响,试图改良政治制度的维新变法,再到推翻封建统治,却被窃取革命果实的辛亥革命,都是中国人在救亡的时代主题下,想要力挽狂澜拯救中国的实践。然而,不管是从物质层面还是从体制层面,这些实践都没有实现救亡的夙愿。接下来,就只能从思想层面去救国了。

这一时期,一些有识之士,比如谭嗣同、梁启超、严复等,对传统的封建纲常进行大力抨击,从思想精神层面寻求出路,立足于救亡而倡导启蒙。1895年,严复指出,中国想要振兴,重在治本,本治则标立。所谓"本"就是民智、民力、民德,三者皆备,才能实现政治变革,解除民族危机。梁启超著《新民说》,系统地提出改造国民性的思想,并认为新民是中国的"第一急务"。在这一系列"救亡"催生的"启蒙"思想下,新文化运动揭开了序幕。

新文化运动,开启的是一个思想启蒙的时代。1915年,陈独秀在《新青年》创刊号上就郑重宣告:"国人而欲脱蒙昧时代,羞为浅化之民也,则急起直追,当以科学与人权并重。"在这样的思想指引下,先进的知识分子高举着"民主""科学"的大旗,涤荡着人们思想上的污浊泥水。但这时,他们的立场与严复、梁启超等人不再相同,他们从"立足救亡倡导启蒙"转向了"立足于启蒙而兼顾救亡"。"启蒙"在他们眼里,不再是"救亡"主题下的衍生物,而是"国家民族根本存亡的政治根本问题"。正是在这样的立场下,"启蒙"成为此时的主题。围绕这个主题,知识分子大胆抨击腐朽的封建伦理,积极引进先进的西方思潮,大力对国民性进行改造。由此,他们很少直接触碰现实政治,而开始把眼光聚焦在"人"的现代化上。不管是陈独秀说的"社会之所向往,国家之所祈求,拥护个人之自由权利与幸福而已",还是周作人所说的"要讲人道,爱人类,便须先使自己有人的资格,站得人的位置",都是他们一反传统,在国家、

五四运动部分救亡画面

民族、个人的关系中,将个人利益放在首位的体现。他们批判卑怯、奴性、麻木、健忘等种种思想劣根性,为人的个性解放而呼吁,为争取权利自由而呐喊。这样的"启蒙"的姿态也感召了更多知识分子,纷纷弃武从文,投入"启蒙"的大潮中。被大家所熟知的沈从文,就是其中的一位。

沈从文,原名沈岳焕。1917年,年仅14岁的他就参加了当地土著部队,后来又去辰州投军。辰州形势恶化后,他随部驻扎在芷江防区的怀化镇。在那里,他发现,士兵每天最盼望的事情就是杀人。因为

沈从文

根据清朝传下来的规矩,刽子手杀完人后可割70多斤猪肉作为犒赏,官兵人人有份,所以杀人可以改善这些士兵的生活。同时,杀人带来的快感亦可以成为他们生活的乐趣。沈从文后来回忆时就说道,除了杀头,没有什么事情可以使这些强壮的人更兴奋。可见,这样的生活是多么血腥而抑郁!沈从文置身其中,深刻地感受

着国民性中的麻木和残忍。加之受到新文化知识分子的带动和新思想的熏陶，他终于选择弃武从文。他用笔打造了一个湘西世界，启发人们去讴歌、去追寻理想的人性。同时，他还将自己的原名"沈岳焕"改成"沈从文"，寓意要以文为武器，改造他所生存的社会。随着越来越多像沈从文一样的知识分子的加入，"启蒙"声势大涨，此时超越了"救亡"。

那么，为什么新文化运动前期"启蒙"会成为社会的主题呢？我们会发现，这时较为宽松和自由的社会大环境为它提供了条件。相比之前的列强肆虐、危机四伏，此时的救亡问题相对而言不那么突出。帝国主义国家处于第一次世界大战中，无暇顾及中国的发展，为中国提供了喘息之机。但是，这样的宽松与自由并未维持多久。很快，第一次世界大战结束，巴黎和会上中国外交失败，帝国主义把中国这个战胜国当作战败国瓜分，再一次暴露出他们侵略者的凶恶嘴脸。这个消息传入中国，如同晴天霹雳，使国民的愤怒达到了极点。就在这炙热的愤怒中，五四运动爆发了。一时间，学生高喊着"外争主权，内惩国贼""誓死争回青岛"等口号，要求惩办曹汝霖、陆宗舆、章宗祥，并且一边在天安门前发表演讲和宣言，传播救亡思想，一边通过斗争方式痛打章宗祥，火烧赵家楼。接着，商人罢市，工人罢工。这时，"救亡"又全面压倒"启蒙"，成为了时代的主旋律。

五四运动让整个中国都掀起了救亡的热潮，但头脑清醒的知识分子看到，它的胜利并没有改变中国黑暗的情状。要想让中国走向光明，就要改造旧社会，另创新社会。为此，他们纷纷寻找实现救亡的真理，并使得这时的中国思想界十分活跃，出现了"百家竞起"的局面。无政府主义、新村主义、合作主义等各种思潮纷纷在中国扩散开来。但在这些争鸣的异说中，人们经过实践，发现只有马克思主义才是解开救亡问题的钥匙，由此，越来越多的知识分子对马克思主义大力宣扬。

陈独秀就是这时影响最大的马克思主义者之一。1919年4月,他发表了《二十世纪俄罗斯革命》,开始认识到十月革命是人类社会变动和进化的"大关键"。1920年9月,他又发表《谈政治》一文,明确地指出,要用革命的手段去建设生产阶级的国家,创造那禁止对外一切掠夺的政治法律。他鼓舞人们要用暴力革命的方式去实现无产阶级专政,可谓振奋人心。凭借着他在新文化运动中的威望,很多知识分子都纷纷接受马克思主义。毛泽东就曾说,陈独秀对他的影响也许比其他任何人的影响都大。由此,毛泽东才开始成为马克思主义者,并且逐渐成为革命领袖,带领中国人民开展武装斗争,用革命的方式去实现对中国的"救亡"。

终于,在马克思主义的指引下,在革命领袖和中国共产党的领导下,在全国人民的团结抗争下,中国人民在艰难跋涉中走到了1949年。随着毛泽东在天安门城楼上发出的那声铿锵有力的呼喊——"中华人民共和国中央人民政府今天成立了"。中国恢复了独立自主的身份,也宣告了中国人成功完成了救亡的历史使命,开启了新的纪元。

百年后,我们再漫溯这条"启蒙"与"救亡"交织的探索之路,会发现它们并不矛盾,而是互相推进的。无论是"救亡"还是"启蒙",都是实现民族独立和人民解放的必要手段。如今,我们赢得了民族独立和人民解放,但国家繁荣富强和人民共同富裕目标的实现,依旧需要居安思危的救亡意识和思想解放的启蒙精神。一方面,我们要怀着忧患意识,大力发展经济、军事、科技,提高国家的硬实力,只有这样才能在国际的舞台上拥有话语权,在国家竞争中立于不败之地。另一方面,我们也要加强思想道德建设,提高国家软实力:治理腐败,打击贪婪心理;惩治罪恶,批判凶残行径;破除迷信,宣扬科学新风;融化冷漠,培育优良品德……相信在硬实力与软实力的双重提高下,中国会变得更好。

| 知识链接 |

无政府主义

无政府主义是一种否定一切国家政权和阶级斗争的小资产阶级反动思想。其基本特征是：反对任何国家和政权，反对一切权力和权威，鼓吹极端民主、绝对自由。它根本反对无产阶级建立自己的政党，反对无产阶级政党发动群众进行有组织有领导的政治斗争，反对无产阶级革命和无产阶级专政。其代表人物有法国蒲鲁东、俄国巴枯宁等。

合作主义

合作主义是一种强调合作社作用的改良思潮，倡导人是法国的季特和英国的比阿特里斯·维伯。他们认为，人类只有生产者和消费者的区别，没有阶级差别，主张消费者联合起来，幻想通过发展合作社的办法，解决社会问题，使资产阶级自行灭亡，和平建立社会主义。其纲领是在资本主义基础上先掌握商业，而后掌握加工制造业，再后掌握农业，以至建立"合作共和国"。

"仿他人之新"与"重自我反思"

思想解放究竟是立足于"自我反思"还是立足于"仿他人之新"？1840年以后，中国人开始接受西方的新事物，从魏源提出"师夷长技以制夷"开始，中国的精英知识分子就走上了一条向西方学习的艰难道路。从器物、技术的模仿，到维新改制的学习，直至对激烈的资产阶级革命的效法，期间经历了无数的斗争、痛苦、磨难和牺牲，然而都失败了。新文化运动时期，先进知识分子开始对处处"仿他人之新"的变革方式提出质疑，转而走出一条思想改造的新路。

他们首先将批判的目光转向自身。在这样一个历史嬗变过程中，新文化运动以前所未有的规模与气势，向封建文化体系展开了全面讨伐，否定和涤荡那些旧文化中的糟粕，其中最具变革性和自省性的，便是"改造国民性"的思潮。所谓"国民性"，是指一个国家、一个民族在长期共同生活及共同的文化背景下所形成的共同的理想信念、精神特质、道德规范、价值尺度,乃至于风俗习惯,等等。在经历了辛亥革命的失败,又经历了袁世凯窃国、张勋复辟等事件后,部分思想先进的中国人在深刻的思想反省中逐渐认识到,仅有制度、器物层面的变革是不够的,并不能实现根本性的转变,"立宪政治而不出于多数国民之自觉"是不会成功的,因此,为了实现多数国民的自觉,他们纷纷将矛头指向国民性。他们认为,国家之所以处于危亡阶段,正是因为国民性中的弱点。要救亡图存,就必须改善国民的思想性质和行为。

鲁　迅

最早提出"国民性改造"的是鲁迅。1936年10月22日的鲁迅葬仪上,上海的民众代表献上了"民族魂"的白底黑字旗,盖在鲁迅的棺木上,最早肯定了鲁迅作为中华民族思想解放伟大战士的历史地位,将鲁迅精神与中华民族的民族精神联系在了一起。其实,鲁迅在日本留学期间就致力于民族性的检讨以及改造国民性的研究。他的挚友许寿裳在他逝世后,曾写作了《怀亡友鲁迅》一文。文中提到鲁迅在弘文学院读书的时候,就经常谈起三个问题:怎样才是理想的人性?中国国民性中最缺乏的是什么?它的病根何在?尽管此时的鲁迅在日本学的还是医学。少年时,父亲的病给鲁迅留下了深刻的印象,中医里那些怪异的偏方总是带着离奇古怪的色彩,于是他想学好西医,来治疗像父亲那样无助的患者。当时正值日俄战争时期,老师经常在课堂上放映一些有关战争的幻灯片。有一次,影片中播放的是日本人战胜了俄国人,但是偏偏又有中国人也出现在影片中,他们给俄国人做侦探,最后被日本人抓获,要当众枪决。围观的也是一群中国人,他们都拍着手掌欢呼起来:"万岁"!当时的鲁迅被这声声刺耳的欢呼改变了初衷。他开始觉得最紧要的是改造国民性,否则无论改变何种政治体制,招牌虽然换了,实质却没有发生改变,都无济于事,因此"我们的第一要著,是在改变他们的精神"。

为实现国民性的真正改造,鲁迅首先主张锤炼国民"敢想、敢说、敢作、敢当"的品质。他毕生都反对"中国人的不敢正视各方面,用瞒和骗,造出奇妙的逃路来"。因此,他认为只有去掉"瞒和骗"的病根,才能重振民族精神。除此之外,鲁迅也十分重视培养国民的自主意识和独立精神。他认为,"人各有己,而群之大觉近矣"。当每个人都摆脱根深蒂固的奴隶性,具备了自主精神的时候,整个社会的觉醒也就不远了。鲁迅很早便意识到,每个人的个性解放是整个社会思想解放的前提,中国要在国际竞争中生存下去,"首在立人,人立而后凡事举,若其道术,乃必尊个性而张精神"。鲁迅把"立人"作为改变国家命运的根本问题提了出来,而要"立人",就要改变人的主观精神,要尊重个性,提倡个人应有的理想人格,发扬人的自觉性、主体性,改变愚弱的国民性。

表面看来,鲁迅似乎是更加注重自我反思,其实并不尽然。在对待西方文化的态度方面,鲁迅奉行"拿来主义",认为既要抛弃西方资产阶级思想文化中的糟粕,同时又要注意学习和吸取西方思想文化中有益于中国国民和社会的精华,因此要"运用脑髓,放出眼光,自己来拿"。可见,鲁迅在立足于解放本民族思想的同时,还提倡对西方先进文化精神的借鉴与吸收。正如他在《文化偏至论》中提到的,要坚持"外之既不后于世界之思潮,内之仍弗失固有之血脉"。

其实,反思民族的劣根性与学习西方的优秀文化,本身就是相辅相成、互不矛盾的。蔡元培在留学法、德两国时,深受"自由、平等、博爱"思想的影响。1917年,蔡元培担任北京大学校长,在主持北大各项事务的过程中,他全面推行西方国家大学的教育方针和制度,倡导学术自由,使北京大学的风气为之一新。五四运动前夕,蔡元培和林琴

蔡元培

南曾经发生过一次有名的公开辩论,轰动全国。林琴南写信给蔡元培,指责他主办北京大学来"覆孔孟,铲伦常"。1919年,蔡元培写了一封公开信回应林琴南,阐明了自己的办学方针。"对于学说,仿世界各大学通例,循'思想自由'原则,取兼容并包主义"。他认为无论什么学派,只要言之成理,就应该允许它的存在。所以,持不同主张的教员都应该有机会讲学,然后让学生们自由选择。在蔡元培这种教育思想的指导下,当时的北大不仅聘请新文化运动中激进的先行者陈独秀、李大钊等人,还聘请了身穿马褂、拖着一条长辫子的辜鸿铭教授英国文学。蔡元培"仿世界大学通例",实行兼容并包的管理方针之后,北大一时人才云集,面貌一新。看来,思想变革确实不能囿于一国、一民族之内,只有打开眼界,才能收获更多进步。

可见,要改变中国之落后、腐败和虚弱的局面,既要学习西方文化的先进之处,又要立足于中华民族的性格自省。只有睁眼看世界,才能紧随世界潮流,在日益激烈的国际竞争中立于不败之地。而只有了解了自身的性质、状况和问题,才能根据本国的实际情况去批判吸收外国文化中的优秀成果。如今,我国正处于改革开放的新阶段,三十多年的经验告诉我们,中国实现现代化的关键在于进行自我改造与对外开放相结合,走出一条中国特色社会主义的发展道路来。"仿他人之新"与"重自我反思"正像拉动中国前进的两驾马车,其中海纳百川的气度与沉着自省的精神,对中国的现代化发展仍然具有十分重要的意义。

蔡元培出任北京大学校长的任命状

> 知识链接

拿来主义

"拿来主义"一词是鲁迅首创的。中国文化受外来文化影响最集中、最剧烈的时期莫过于五四运动前后。与以往历次文化革新不同,这次的倡导者对旧文化几乎进行了彻底的质疑与批判,传统中国似乎"老旧"得只剩下了小脚、八股文和染缸似的大家庭,"全盘西化"一度一呼百应。可是没过多久,新文学的过分年轻、稚拙就让不少人大失所望。于是人们发现,一味模仿西方是学不来的。针对30年代"发扬国光"的复古潮流,鲁迅提出了"拿来主义",即对西方文化要有选择地拿,为我所用地拿,不卑不亢地拿。"一切好的东西都是人类的共同财富,中国在发展过程中,外国好的东西、对中国的进步有益的东西都应该吸收"。

"问题"与"主义"

"问题"与"主义"之争早有端倪。1918年初至1919年初，李大钊即发表文章，批评一些文人政客发表言论时"不察中国今日之情形，不审西洋哲人之时境"，实在是"盲人瞎马，梦中说梦"。胡适更是直接指出，"现在舆论界大危险，就是偏向纸上的学说，不去实地考察中国今日的社会需要究竟是什么东西"。1919年7月，胡适在《每周评论》上发表《多研究些问题，少谈些"主义"!》一文，正式引发一场"问题"与"主义"之争。之后讨论范围遍及全国，对当时乃至今后的中国社会都产生了广泛影响。

李大钊

胡适在这篇文章中首次提倡"请你们多提出一些问题，少谈一些纸上的主义"。所谓"问题",指社会上具体存在的某种令人不满且亟待解决的现状;所谓"主义",是一种抽象的原理或法则,能够引导人们改变现状。"问题"存在于社会现实层面,"主义"则大多居于理论原则层面。胡适认为,凡是"主义",都是顺应社会形势而起的,是为了解决社会上的某个问题而提出的具体主张。后来,为了传播这种主张,就用一两个方便记忆的字来代表这种具体主张,叫作"某某主义"。至此,具体的主张就变成了抽象的主义,这也正是"'主义'的大缺点和大危险"。

胡适所说的"大缺点"和"大危险"在一场关于社会主义的演说中体现得淋漓尽致,这场演说的主人公是安福俱乐部首领王揖唐。安福俱乐部是民国初年的一个政治组织。1917年,孙中山筹备召开"非常国会"。段祺瑞为了控制即将开始的国会选举,指使他的亲信在北京的安福胡同组织俱乐部,利用卖国借款收买议员,试图操纵选举,安福俱乐部就此成立。后来,随着段祺瑞声势日盛,安福俱乐部也从一个普通俱乐部发展为政治团体。在一次全体议员大会上,时任议长的王揖唐登台演说:"本部之政纲,为维持共和,厉行宪政,且第四项保育民生。自世界潮流播及后,民生主义为不可再缓之图。""民生主义"四个字让不少有识之士震惊,胡适在文章中提出:"安福部也来高谈民生主义了,这不是给我们这班新舆论家一个教训吗?"他认为,安福部是当时最为反动的一个政团,而王揖唐又是一个臭名昭著的政客,连这样的人、这样的组织都在大谈民生主义,"主义"的危险就显而易见了。

显然,胡适在"问题"与"主义"之中更加倾向于对"问题"的研究,但也有学者更加重视"主义",比如进步党报纸专栏作家蓝公武。他认为"主义"本身并不危险,真正危险的,是"贯彻主义的实行方法"。在一个发展滞后的社会,只有不断从理论层面发出号召,才能引起人们对现状的不满,从而提出新的问题。因此,研究主义是研究问题的重要前提。

胡、蓝二人的文章很快在思想界引起广泛的争论。当时正热心研究马克思主义的李大钊自然也按捺不住,写信表达了他对"问题"与"主义"的不同看法。他认为,"问题"与"主义"是不可分离的,只有通过"主义"发动更多人一起努力,"问题"才能顺利解决。而胡适所说的"主义"的危险,"不是'主义'的本身带来的,是空谈他的人给他的"。

蒋梦麟、蔡元培、胡适、李大钊合影

这场"问题"与"主义"之争影响了当时热心救国的一大批青年,毛泽东就是其中之一。1919年,26岁的毛泽东在长沙筹建"问题研究会",并为此而撰写了《问题研究会章程》,提出当时中国需要研究的144个问题,涉及政治、经济、文化等诸多实际方面,彰显了青年毛泽东强烈的问题意识。在《章程》的开头,毛泽东就申明,他提议成立"问题研究会"的目的,是想弄清楚当时影响社会进步的各种"事"和"理",即不仅关注社会问题的现状,也探讨理论原则的影响。

事实上,青年毛泽东对于"问题"与"主义"并没有明确的倾向性。他在拟出《问题研究会章程》半年后曾表示:"老实说,现在我于种种主义,种种学说,都还没有得到一个比较明了的概念。"为此,在诸多问题之外,毛泽东专列一条,宣称:"问题之研究,须以学理为根据。因此在各种问题研究之先,须为各种主义之研究。"《章程》并不仅仅是对问题的关注,其中还有"社会主义能否实施"这样的问题,另外毛泽东还列出了若干"特须研究之主义",包括哲学、伦理、教育等各方面的主义。

可见,"问题"与"主义"在青年毛泽东那里不仅不矛盾,反而是相辅相成的。到了20年代初期,毛泽东对"主义"的研究更加迫切,他认为"主义"就像一面旗帜,人们"尤其要有一种为大家共同信守的'主义',没有主义,是造不成空气的"。问题研究者不能简单地用感情聚集人们的力量,要用"主义"进行号召,为人们指引前进的方向。

总之,经过这场争论,双方的态度都更加客观,认为研究问题和谈论主义之间并没有矛盾。要实现中国社会更好的发展,既不能含混不清地谈论各种学说,也不能没有方向地埋头苦干,而应该把问题与主义结合起来,进行认真的研究。

时至今日,我们再次回顾这场论争,仍然能被这种为救国而探索、争论的精神所打动。正如李大钊所说,"盖真理以辨析而愈明,吾侪当知辩争之不以朋友之私而阻者,乃全为爱真理之故"。在他看来,朋友之间以诚相待,就应当尽所能地为自己的观点而辩,以求得最终的真理。显然,这场"问题"与"主义"之争正是朋友间为真理而辩的典型。"问题"与"主义"的论争虽然直接发生在胡、李之间,但这丝毫没有影响他们之间的友谊,一切都是那么平和、以理服人。李大钊对"问题"和"主义"的共同提倡直接推动了马克思主义大众化的实现,为中国革

广州非常国会代表合影

命指明了方向。而胡适"多研究些问题,少谈些主义"的主张更是一种积极的反对,包含着合理的成分,推动了各类"主义"更加切合实际,为解决"问题"提供了有益的指导。

2015年初,伴随着中美两国智库榜单的出炉,智库建设再次成为学界热议的话题。智库,又称智囊团、思想库,是现代领导管理体制中不可缺少的一部分。它将各个学科的专家学者聚集起来,运用他们的智慧和才能,为社会经济的发展提供优化方案。目前,中国智库在数量上和质量上都有了飞速发展,迎来了新一轮"智库潮"。为此,专家学者们纷纷表示,中国智库要有所作为,一方面要"往上达",使方案获得上层的重视与肯定;另一方面就要"接地气",使研究问题真正有利于社会的建设和发展。随着全球化进程的不断推进,各类"思潮""主义"也不断涌入,如何在错综复杂的理论界将眼光落到实处,解决切实的问题,值得我们进一步深思。这也是新文化运动时期"问题"与"主义"之争所带给我们的思考。

知识链接

非常国会

1917年7月,段祺瑞重任国务总理后,拒绝恢复《临时约法》和国会,力图实行其专制独裁。孙中山号召国会议员南下,召开国会,组织护法军政府。1917年8月25日,150多名议员在广州召开国会,因不足法定人数,故称为"非常国会",孙中山当选为"大元帅"。29日,会议通过《国会非常组织法大纲》,并决定成立军政府。31日,会议又通过《中华民国政府组织大纲》,明确规定,在《临时约法》未完全恢复之前,行政权由大元帅执掌,对外代表中华民国。次年5月,非常国会通过改组,以七总裁取代大元帅,孙中山在护法政府内实际上被架空,于是辞职离去。

新文化运动与百年中国

学习与运动

梁启超曾说:"制出将来之少年中国者,则中国少年之责任也。"近代以来,面对救亡与启蒙的时代主题,学生们怀着强烈的爱国热情自发地开展运动,并有效地发动群众参加斗争,起到了先锋带头作用。然而当时正在美国留学的胡适却发出倡议,认为留学生"所应该做的是:让我们冷静下来,尽我们的责任,就是读书",由此引发了一场关于青年学生应该如何爱国的争论。在学习与运动之间,青年学生究竟应该做何选择?而这又能给予我们怎样的启示呢?

追本溯源,这场争论起因于丧权辱国的"二十一条"的签订。1915年1月18日,日本驻华公使日置毅向袁世凯提交了"二十一条"。至5月7日,日本政府向中国发出最后通牒,限5月9日之前答复。这一天,毛泽东愤而写下四言诗:"五月七日,民国奇耻;何以报仇,在我学子。"倾吐了千百万青年学生的悲愤与豪情。

消息传到美国,在留美学生中间激起极大的义愤,学生们纷纷表示:"我们必须依照民族的最高利益去行动,如果有必要的话不惜牺牲生命。……我们的职责十分明确:返回祖国!"而此时的胡适却十分冷静,他写了《给全体中国同学的一封公开信》,号召大家保持"爱国的清醒头脑"。"就我看来,我们留学生在这个时候,在离中国这么远的地方,所应该做的是:让我们冷静下来,尽我们的责任,就是读书,不要被报章的喧嚣引导离开我们最重要的任务。让我们严肃地,冷静地,不顾骚扰、不被动摇地去念我们的书。好好准备自己……"胡适认为,解决中国面临的问题,必须依靠思想上的解放。青年学生不能被一时义愤所控制,而应将全部的精力放在读书上。

胡 适

然而这种观点在当时遭到了很多人的强烈反对。时任《中国学生月刊》主编的邝煦堃写了一篇长文回应胡适的不抵抗理论,认为他的建议不是"爱国的清醒",而是"不爱国的糊涂"。对此,不少先进知识分子也对新青年们发出倡议,"自负为一九一六年之男女青年,其各奋斗以脱离此附属品之地位,以恢复独立自主之人格"。陈独秀强烈呼吁青年起来"运动",摧毁个人和民族被征服的现状,以实际行动反叛奴隶道德,为实现解放而奋斗。

新文化运动时期,由学生引发的重要运动有两场,一场是1918年北京各地学生反对《中日共同防敌军事协定》的运动,而另一场运动则是五四运动。两次运动中学生都起到了至关重要的作用,但同时,也始终存在着呼吁学生专注于学习的声音。

1918年反对《中日共同防敌军事协定》的运动是北京政府所遇到的首次大规模学生运动。《中日共同防敌协定》是日本为了干涉苏俄革命,同时进一步控制中国而与中国签订的不平等条约。协定签订的消息传出之后,留学日本的学生纷纷返回祖国,在各地组织救国团体,进行爱国宣传,带动了国内的学生运动。5月21日,北京各学校学生约2000人晋谒总统冯国璋,他们自觉表态,声明此次行动是为国请愿,必当示人以模范。整场运动秩序井然,军警与学生也和平相处。最后总统冯国璋亲自接见学生,解释中日协定签订缘由,学生们就此结束游行。这看似是一场缓和的学生运动,且得到了官方的肯定,但冯国璋在接见学生代表时,曾明确表示"学生自宜专一向学,不当干涉政事"。而在1919年暴风骤雨般的五四运动中,学生们诚挚而热烈的爱国激情感染了工人、商人,使罢工、罢市和抵制日货的运动得到了广泛响应。时任总统的徐世昌亲自发布总统令,明确指出学生"自当专心学业,岂宜干涉政治,扰及公安",同时要求各个学校整饬学风,避免学生上街游行。如果说总统倡导"学习"的言论只能代表官方话语,那么身为北大校长的蔡元培则不同,他在学生游行结束后,第一时间来到了学生身边,安抚他们的情绪。同时,也对同学们提出"从明天起照常上课"的要求。蔡元培反复向学生强调,青年救国不能仅凭一时热情,主要应靠学识和才力,要"读书不忘救国,救国不忘读书"。

同样是针对五四运动,清华大学首任校长、五四运动的领袖之一——罗家伦的观点与蔡元培稍有不同。罗家伦是始终关心着国家命运的,1918年便与傅斯年等二十多名年轻人组织了"新潮社",办起了《新潮》月,在青年当中产生了极为深刻的影响。1919年,罗家伦等人知道了巴黎和会上的消息,立刻召开学生会议,决定提前举行游行示威。作为学

五四运动学生集会

生总代表之一,5月4日游行当天,罗家伦起草了慷慨激昂的《北京学界全体宣言》,其中"外争国权,内除国贼"八个字更是成为这场反帝爱国运动的重要口号。在游行过程中,罗家伦始终走在队伍前列,游行结束后便为营救被捕学生奔走各界寻求支持,可谓全力以赴。

作为"五四运动"这个词的首创者,罗家伦有着比较全面客观的认识。他曾赞扬五四运动表现了"关系中国民族的存亡"的三种精神:"学生牺牲的精神"、"社会制裁的精神"和"民族自决的精神"。就是这样一位当年热情参与运动的学生,在1920年五四周年纪念时,他以回顾的眼光在《新潮》发表了一篇文章,全面分析了五四运动的得失,在肯定五四成功之处的同时,竟提出了另一种设想:"设使我以这番心血,来完成我所想译的三五部书,我对于中国的文明,比之现在何等贡献?"进而提倡"以思想革命为一切革命的基础"。

罗家伦的观念转变可以说是一种自我反思,与此同时,先进知识分子也不断提出有益的指导,引导学生更加全面地协调"学习"与"运动"之间的关系。比如较为著名的有胡适和蒋梦麟联名发表的文章《我们对于学生的希望》,文章中首先肯定了学生运动产生了很多课堂教学收不到的好效果,但是他们同样也指出"单靠用罢课作武器,是最不经济的方法,是下下策"。学生要"向有益有用的路上去活动",学问、团体和社会服务三个方面的生活,缺一不可。

青年学生对于国家充满了热情,对于社会和政治也从不放弃自己的责任,五四以来逐渐成为一支越来越强大的社会力量。他们是时代的骄子,也是时代的希望,他们凭

释放北京高师爱国学生

着满腔热情发出时代的爱国强音。20世纪70年代,留学美国的中国学生组成了"保卫中国领土钓鱼岛行动委员会",在海内外发展成澎湃的"学生保钓运动",他们沿用五四运动时期的口号:中国的土地可以征服而不可以断送,中国的人民可以杀戮而不可以低头。如今,社会主义核心价值观所倡导的爱国,不再是"捐躯赴国难,视死忽如归"式的牺牲,而是将个人理想统一到爱国主义精神上,努力提高自身素质,响应国家科技兴国、人才强国的战略。当今中国的各项改革正向纵深发展,青年学生们在面对改革潮流、社会转型时,爱国热情不可失,爱国理性更不可丢,让我们冷静下来,尽我们的责任。

知识链接

《北京学界全体宣言》

该宣言由罗家伦拟订,北京大学学生印刷,于1919年5月4日在天安门前集会时散发,故又称"当日大会传单",也是五四当天散发的唯一一种印刷品。后于1919年5月11日由《每周评论》公开发表。这篇仅一百八十字的宣言,大气磅礴,字字铿锵,极富号召力,是五四时期青年知识分子精神的体现。全文内容如下:

现在日本在万国和会要求并吞青岛,管理山东一切权利,就要成功了!他们的外交大胜利了,我们的外交大失败了!山东大势一去,就是破坏中国的领土!中国的领土破坏,中国就亡了!所以我们学界今天排队到各公使馆去要求各国出来维持公理,务望全国工商各界,一律起来设法开国民大会,外争主权,内除国贼,中国存亡,就在此一举了!今与全国同胞立两个信条道:

中国的土地可以征服而不可以断送!

中国的人民可以杀戮而不可以低头!

国亡了!同胞起来呀!

"立人"与"立国"

近代以来,中国遭遇了"三千年未有之大变局"。在西方列强虎视眈眈之下,民族危机不断加深,"救亡图存"成为了时代主题。到了新文化运动时期,五四知识分子更加清晰地看到封建社会奴役国民导致国民身上形成的国民劣根性,他们怀着深深的责任感与使命感,试图破除一切不合时宜的"旧"物,宣传"新"风,以挽救危亡的中国。"立人"与"立国"就是他们为拯救中国进行的积极探索。

"立人"是指对国民进行思想文化启蒙,其基本途径主要是强调个性解放的思想革命;"立国"则要突出集体主义精神,强调阶级斗争,坚持武装革命,即突出政治革命。新文化运动以"人"的觉醒作为五四启蒙的出发点和落脚点,为此,人们最初都希冀通过"立人"来实现"立国"。

其实早在19世纪末20世纪初,中国的有识之士在探寻国家出路时,就已经意识到了国家的盛衰同民众的思想意识、精神状态之间有密切关系。严复在《原强》中就提到,要使国家富强,一要鼓民力,二要开民智,三要新民德。梁启超在《新民说》中也指出,想要兴国,必要新民,把新民当作立国兴邦的"第一急务"。邹容在《革命军》中也强调,想要革命就必须先去除"奴隶的根性"。那时,各种报纸杂志都在讨论关于民智、民力、民志、民德等的问题。这种社

邹 容

会现象正说明在"师夷长技以制夷"及学习西方制度文明屡受挫折之后,有识之士们终于转向了从本民族的思想和文化素质中去寻找原因,并提出种种改造国民性和建立现代民族国家的设想。正是在这样的时代思潮之下,鲁迅积极思考,侧重思想革命,提出了著名的"立人"思想,即改造国民性思想,并致力于民族思想文化的启蒙工作。

1908年,鲁迅在《文化偏至论》中首次提出"立人"思想。他说:"是故生存两间,角逐列国是务,其首在立人,人立而后凡事举;若其道术,乃必尊个性而张精神。"可见,鲁迅把"立人"作为一切事务的首要前提,作为"立国"的根本要素。同时"尊个性而张精神"也指出了人的内在精神具有不受外界支配的独立性。人只有拥有不受"三纲五常"等传统的不合理的伦理规范限制和外在权威压抑的自主力量,才能达到"去现实物质与自然之樊,以就其本有心灵之域;知精神现象实人类生活之极颠,非发挥其辉光,于人生为无当。而张大个人之人格,又人生之第一义"的理想人生境界。简而言之,即只有获得精神的自由与解放,才能实现人的真正解放。

正如鲁迅所言,自古以来,中国人都缺乏做"人"的独立与尊严,烙身上打着"奴隶"的印记,思想也始终被禁锢着。如此,才会有那么多可悲的"阿Q",那么多怯懦的"祥林嫂",那么多麻木的"闰土"。如若不把他们唤醒,国将不国。鲁迅的"立人"思想,正是为了揭露国民精

神中的弱点,疗救的病态精神,呼唤健康的人性与现代意识,从而确立起"人"的主体核心地位,以打破中国死气沉沉的局面。那么,这"立人"的目标究竟该如何才能实现呢?

对此,鲁迅指出,首先要打破古老中国迷恋往古、抱残守缺的状态,蔑弃那些曾经被人们笃守的旧习和造成中国社会长期停滞落后的古训。同时,还要揭露那些假借"文明"为了一己私欲之人的虚伪。这样,在国民开始清醒,开始认识到我们民族的缺点的时候,再来揭露和改造国民性。只有这样,"立人"才有希望。

为此,鲁迅以笔为投枪,揭露诸如"瞒和骗"等种种国民劣根性,戳破一切虚假,扫除一切不堪。在他的影响下,有一大批知识分子汇聚起来,大胆地抨击中国人人性中的腐朽,呼唤美好的人格,促进"人"的解放。渐渐地,人们心灵上的阴雾被驱散,摆脱奴颜媚骨,不断确立"人"的价值和个性。

然而,就在鲁迅等知识分子深刻剖露国民劣根性、大力宣扬新的观念、高度关注"立人"的时候,"三一八"惨案发生了。

三·一八惨案

1926年3月12日,冯玉祥所部国民军与奉系军阀作战期间,日本帝国主义军舰掩护奉系军舰驶进天津大沽口,炮击国民军,被国民军击退。随后日本竟联合英、美等八国政府向北洋军阀政府提出撤除大沽口国防设施等无理要求。3月18日,北京群众五千余人在李大钊的领导下在天安门前集会抗议。会后,他们赴执政府请愿,要求拒绝八国通牒,但没想到,段祺瑞政府残忍地命令士兵向群众开枪,最终导致150余人受伤,47人丧命。

这场血的事实被鲁迅等人看在眼里,他们开始意识到,仅有"立人"思想的变革并不足以拯救中国于水火之中。在《记念刘和珍君》一文中,鲁迅慨叹,没想到曾经他不惮以最坏的恶意推测的中国人,竟会如此卑劣凶残。于是,他顿感墨写的"谎说"在实弹面前是那么的苍白无力。他意识到,"血债必须用血来还。拖欠得愈久,就要付更大的利息"。在经历了苦闷与彷徨之后,在见证了笔笔"血债"之后,鲁迅主动放弃了他一直坚守的人文主义启蒙精神的立场,由以"立人"为中心转向以"立国"为中心。

鲁迅向"立国"思想的转向深深植根于中国当时严峻的形势。那时的中国,不仅要推翻延续两千多年的封建统治,还要推翻帝国主义和官僚资本主义的统治,其革命任务异常艰巨。这就要求中国要把建立现代民族国家放在首位,否则,"立人"就无从谈起。这时的鲁迅看到了革命战争的威力与以暴抗暴的效用。他这时候坚定地认为,文学是不中用的,是没有力量的人讲的,中国面临的问题,应该用枪炮来解决。为了宣传"立国"的思想,鲁迅还发表多次演讲,希望能鼓舞"民众"以集体主义精神顽强斗争。比如,1927年他在黄埔军官学校发表的名为《革命时代的文学》的演讲中,真切地说道:"中国现在的社会情状,止有实地的革命战争,一首诗吓不走孙传芳,一炮就把孙传芳轰走了。"同时他还鼓舞工人、农民变身成革命的战士,凝聚起来去革命,因为"平民的世界,是革命的结果"。

除了发表演讲,鲁迅对革命寄予了殷切的希望。他支持孙中山的北伐战争,支持共产党领导的工农武装斗争。同时,他还关注着马克思主义,关注着革命的动向。比如,在《庆祝沪宁克复的那一边》中,他就引用列宁的话:"第一要事是,不要因胜利而使脑筋昏乱,自高自满;第二要事是,要巩固我们的胜利,使他长久是属于我们的;第三要事是,准备消灭敌人,因为现在敌人只是被征服了,而距消灭的程度还远得很。"尽管革命如火如荼地发展,鲁迅一如既往的冷静,他催促人们不要在小胜利的凯歌中沉醉,而要继续进击。可见,鲁迅虽然没有投身于革命实践中,但他从未冷眼旁观,而是在"立国"的思想下,指引着革命的步伐。对此,瞿秋白曾评价鲁迅是"从进化论到阶级论,从绅士阶级的逆子贰臣到无产阶级和劳动群众的真正友人,以至于战士"。这个评价无疑是很准确的。后来,"立国"的思想逐渐成为爱国知识分子的共识。不仅郭沫若、茅盾如此,就连具有诗人浪漫气质、个性意识极强的郁达夫也这样认为。见过太多鲜血的中国知识分子从以"人"为中心开始转到以"国"为中心,以此来实现对中国的救亡。

以鲁迅为代表的知识分子起初以"立人"为中心,希冀通过"立人"来"立国",但在飘满血腥味的时代,他们的立场也不得不向"立国"转向。但是不管是"立人"还是"立国",都是知识分子对国家的责任感和使命感的体现,都是他们忧国忧民的思想结晶。百年后的今天,"立人"与"立国"的思想脉动仍以强大的生命活力对如今产生着启发和影响。如今,我们不会再通过集体斗争的方式去"立国",但是要想实现富国强民之梦,我们依旧要秉持"立人"的思想,不断提高自身素质,贯彻社会主义核心价值观,不断发展完整的美好人格。同时,在物质文化高度发达的今天,我们也要成为一个不盲目从众、有个性、不痴迷于物质、具有独立思考能力的人。当下出现的一些现象值得我们注意,比如一些文艺作品热衷于表现人的动物本能和物质欲望,消解或削弱人的精神内蕴与价值,还美其名曰"人性化""凡俗化",殊不知这已经背离了鲁迅提出的"立人"精神。可见,"立人"与"立国"的思想至今仍值得我们深思。

知识链接

《文化偏至论》

鲁迅于1908年8月在《河南》杂志上发表《文化偏至论》。鲁迅

新文化运动与百年中国

在文中提出了这样的理念:中国要"生存两间,角逐列国","其首在立人,人立而后凡事举",要"立人",必须"尊个性而张精神","掊物质而张灵敏,任个性而排众数",只有这样,才能让中国"屹然独立于天下"。这种思想的文化基础则是"外之既不后于世界之思潮,内之仍弗失固有之血脉,取今复古,别立新宗"。总之,鲁迅在这篇文章中,探讨了近世中国落后的原因,提出了"立人"的主张,影响深远。

人,各有自主之权

新文化运动时期民主思想发展的最重要的成果,就是"人"的发现和人权意识的觉醒。在儒家宗法思想和宗法制度的统治下,中国向来只承认人民是"民",不承认人民是"人"。在古时,"民"即是"氓",是"嗤嗤之民",必须要由王者或官吏来管理。而先进的启蒙思想家强调个性自由,强调个人价值与尊严,主张个人要享有独立的权利,在任何时候都有权表达自己的思想,并能根据独立的思想进行自由的选择。

新文化运动时期,对人权问题的讨论异常热烈。在《敬告青年》中,陈独秀对青年提出了六点希望,其中第一点就是"自主的而非奴隶的"。他认为人各有自主之权,既要按照自己的主观意志去进行思考、判断和行动,又不能把自己的主观意志强加到他人身上,使他人成为自己的奴隶,由此号召青年们"脱离夫奴隶之羁绊,以完其自主自由之人格"。

然而,在封建纲常礼教的束缚下,人权意识的觉醒仍然面临着强大的阻碍。鲁迅在《阿Q正传》中刻画的人物形象阿Q就深刻地体现了国民性深处的矛盾——既受人奴役,又奴役他人。面对赵老太爷、假洋鬼子等比自己强大的人,阿Q作为被奴役者毫无自主之权;而在小尼姑等比自己弱的人面前,他却充满着主人的霸气。对于这种集主奴双重性质于一身的扭曲的人格,鲁迅在《灯下漫笔》中进行了集中的批判:"我们早已布置妥帖了,有贵贱,有大小,有上下。自己被人凌虐,但也可以凌虐别人;自己被人吃,但也可以吃别人。一级一级地制驭着,不能动弹,也不想动弹了。"在阿Q看来,主人和奴隶之间并没有绝对的分界线,一切都视具体情况而定,遇见了强者就是奴隶,遇见了弱者就是主人。

除了这种扭曲的双重人格,可怕的还有国人精神上的自我奴役。鲁迅笔下的祥林嫂就是一个自我毁灭的典型。她一生命途多舛,婚后不久丈夫就去世了,在外当女佣时又被婆家强卖入深山做人妇。新的婚姻安宁却短暂,婚后不久丈夫和儿子就相继离世了,她只得再次出来做女佣,却处处受到大家的歧视和嘲弄。为了洗清再婚的罪恶,她用一年艰辛所得捐一条门槛,"给千人踏,万人跨",从没怀疑过这种"赎罪"有不合理之处。到了生命的尽头,她所关注的依然只是人死了之后究竟有没有灵魂。祥林嫂的悲剧并不属于她一个人,祥林嫂是千千万万受社会环境压迫的底层群众的缩影。他们只能被动地接受不幸的命运,压抑自己的欲望和要求去寻求社会的认可,咀嚼自己的苦难和不幸去麻醉脆弱的心灵,毫无自主意识,并最终失去人的一切本性。

面对这种强大的思想障碍,先进知识分子致力于精神层面的变革,寻求民族性格的改变。陈独秀在《东西民族根本思想之差异》中提出,东西方民族的根本一点差异在于"西洋民族以个人为本位,东洋民族以家族为本位"。这点看似无关紧要的差异实质上造成了四大恶果:一是损坏个人独立自尊的人格,二是妨碍个人独立自由的思想,三是剥夺个人平等的法律权利,四是戕害个人强大的创造力。最后指出,要改变这种局面,只能用个人本位主义去改变家族本位主义。

《易卜生主义》发表于《新青年》

以个人为本位,并不是伦理学意义上的利己主义。胡适曾经对"个人"进行过一番阐述,在他的心目中,"个人"主要体现为"易卜生主义",也就是健全的个人主义,强调的是个性、自由与责任。胡适很早就开始思考个人与家庭、社会的关系问题,他充分肯定个人的独立自由对于人类社会进化的积极意义,认为如果人人都因为他人而遏制自己思想言论的独立自由,那么人类就没有进化的那一天了。他大胆呼吁:"争你们个人的自由,便是为国家争自由! 争你们自己的人格,便是为国家争人格! 自由平等的国家不是一群奴才建造得起来的!"胡适并不只是空喊追求个性自由的口号,还进一步提出了具体的要求。他认为:"发展个人的个性,须要有两个条件。第一,须使个人有自由意志;第二,须使个人担干系,负责任。"也就是既要有自由选择的权利,又要有负责任的勇气;既要保持独立的思想,不人云亦云,又要为自己的思想信仰负责,不怕权威,不怕因捍卫思想而遭遇磨难。只有把自己铸造成器,方才可以有益于社会。

当然,人权的保障和个性的发展并不全都取决于个人觉悟,更加需要从法律意义上得到肯定。1929年,国民政府曾经制定过一道保障人权的法令,法令中提到世界各国的人权都受到法律保障,那么在"中华民国"法律管辖范围内,无论个人或者团体都不能侵害他人的身体、自由和财产。然而,这条法令并没有使当时的中国人的人权得到实质保障。1929年3月26日,上海各大报刊争相报道,说上海特别市的党部代表陈德征在国民党"三全大会"上提交了一份《严厉处置反革命分子案》。陈德征在这份提案中谴责当时的国民党政府,认为他们审理"政治犯"太拘泥于证据,往往使"反革命分子"漏网。他要求法院对于"反革命"的案子,不须审问,只要凭党部的一纸证明就可以定罪处刑。面对这种从根本上否定法治的提议,胡适自然不能坐视不理。他首先写了一封信给当时的司法院长,并把信稿发给国闻通讯社发表。没想到,没过几天,胡适就收到了通讯社的回信,信中解释因为信稿已经被检查者扣去,所以将原稿寄回。胡适百思不得其解,在《人权与约法》一文中提出质疑,"不知道一个公民为什么不可以负责发表对于国家问题的讨论",并在文末喊出"快快制定约法以确定法治基础!快快制定约法以保障人权"的口号。

罗隆基

以《人权与约法》为开端,胡适还进一步发起了"人权运动",号召知识分子挺身而出,以反对当时国民政府侵犯人权的状况。素有"江西才子"之称的罗隆基就是人权派的重要一员。在文章《论人权》中,罗隆基从不同角度阐述了他的人权观。文章不仅论述了人权的意义,分析了人权与国家、人权与法律、人权的时间性与空间性的关系,最后还追问了"我们要什么样的人权",并列举出三十五条意见,成为中国较为全面的人权宣言,至今读来仍荡气回肠。胡适也多次发表文章,认为"新文化运动的一件大事业就是思想解放"。他明确指出,进行反对孔教、否定上帝的斗争,正是为了解放中国的思想,提倡怀疑和批判的精神。但是国民党的独裁统治却在中国形成了一个思想绝对专制的局面,思想言论都完全失去了自由。"上帝可以否认,而孙中山不许批评。礼拜可以不做,而总理遗嘱不可不读,纪念周不可不做。"他们义正词严地为人权辩护,为人权意识的觉醒而呐喊,充分显示了知识分子为国为民的良知和责任感。

时至今日,"以人为本"已经成为中国共产党坚持全心全意为人民服务的根本宗旨的体现。从"以个人为本位"到"以人为本",突出的是党和国家对于人民地位、人民主权的重视。中国目前正在进行社会主义现代化建设的伟大工程,面对全球化的挑战,我们必须走民主化的道路,挖掘中国传统政治文化中的宝贵资源,继承新文化运动先驱们的"人本"意识,并与时代精神相结合,实现国家建设的顺利进行。

知识链接

人权运动

人权运动是由胡适、罗隆基等自由主义知识分子发起的,是资产阶级民主政治改良运动的典型代表。人权运动始于1929年5月,胡适以《人权与约法》为题,从国民政府颁布的一道"保障民权"的命令着手,提出了民权保障与建立法制的关系,认为保障人权不惜以法制为基础。此文一出即在社会上引起轩然大波,各家报刊纷纷刊文,探讨人权、法治等问题,形成了一场声势浩大的"人权运动"。人权派的成员大都有留学西方的经历,对西方资产阶级民主共和政体了如指掌,颇有心得。他们运用契约论、天赋人权等西方资产阶级民主政治的基本理论,提出了保障民权、实现法治、专家政治等治国方案。人权运动批判国民党一党专制,宣传人权、法治等资产阶级民主政治的理论,在当时上层社会产生了一些共鸣。

家庭关系中的"父、子、夫、妻"

作为社会最基本的组成单位,家庭的稳定历来为人们所重视。早在春秋末年,孔子就提出了"父父子子",后来孟子将其补充为"父子有亲""夫妇有别",及至汉代,"父为子纲,夫为妻纲"成为封建家庭关系的守则。"父、子、夫、妻"之间的关系直到新文化运动之后,才逐渐改变。自此,家庭内部关系走向和谐,家庭思想观念趋于进步。

在古代,"父为子纲"的规定十分严苛,其中有一条"君子不亲教子"或"易子而教"的法则,就是说父亲作为一家之主,拥有至高无上的权威,为了维护自己威严的形象,不能亲自教育孩子,只能把孩子交给别人。更有"父子不同席""父子异宫"的礼仪,规定父亲和孩子不能同坐一张席子,不能同住一间屋子,严

胡适与儿子

格规范父子关系。

针对这种不和谐的父子关系,新文化运动对家庭内部关系进行了思想上的革新,破除了传统孝道的封建牢笼。

首先,新文化运动的先驱们站在孩子的立场,认为子女虽为父母所生,但人格却是独立的,并非父母的私有财产。胡适于1919年8月在《每周评论》上发表了一首题为《我的儿子》的诗作,他对儿子的教训是"我要你做一个堂堂正正的人,不要你做我的孝顺的儿子"。胡适本来奉行"无后主义",不想要孩子。在胡适看来,一棵树开花、结果,都是偶然现象,与树的本意并不相关,儿子的出生也不是他有意为之。但是孩子已经出生,做父亲的就要尽到养育的责任,这只是人道义务,并非父子恩义。因此孩子不需要被传统孝道束缚,只要做一个堂堂正正的独立的人。

其次,众多知识分子也从父亲的角度重新审视父子关系。鲁迅在《我们现在怎样做父亲》中提到,"父母对于子女,应该健全的产生,尽力的教育,完全的解放",并提出"要做解放子女的父母,也应预备一种能力。便是自己虽然已经带着过去的色彩,却不失独立的本领和精神,有广博的趣味,高尚的娱乐"。同时,他进一步看透了传统孝道思想的虚伪本质,"就实际上说,中国旧理想的家庭关系、父子关系之类,其实早已崩溃。历来都竭力表彰'五世同堂',便足见实际上同居的为难;拼命的劝孝,也足见事实上孝子的缺少。而其原因,便全在一意提倡虚伪道德,蔑视了真的人情"。

作为子女,由于思想大门的敞开,自然也有不少突破旧家庭

毛泽东与父亲毛顺生(左二)**等合影**

藩篱的例子,伟大的革命家毛泽东就是"抗父命"的典型。1893年,毛泽东出生于湖南韶山冲的一个富裕农民家庭。毛泽东曾说过:"我家有'两个党'。一个是父亲,是'执政党'。'反对党'是我、我的母亲和弟弟组成的,有时甚至雇工也在内。"当然,母亲碍于中国传统的伦理道德规范,并不赞成公开反对父亲的权威。毛泽东则无所畏惧,他在回忆幼年生活的时候提到:有一次,父亲在家请了很多客人,在这种场合下,父子二人发生了争执。父亲当着所有人的面骂他,说他懒惰无用。这让少年毛泽东十分气愤,转身跑出家门。父母自然追在他的身后,跑到一个池塘旁边,毛泽东以跳下池塘为威胁,强迫父亲与他谈拢条件,以此来结束当天的"内战"。从求学到结婚,毛泽东人生道路上的数次重大选择,都违抗了父命,他自己也曾说过:"我与之斗争的第一个资本家是我父亲。"在新文化运动的思潮变更中,青年毛泽东更是顺应潮流,成为个性解放的积极倡导者。

在现代社会中,随着经济发展、生活节奏加快,家庭关系变得更加微妙与复杂。父对于子的绝对控制得到了改善,但有时却会出现另一种极端情况,即父对于子的"不闻不问":父亲忙于工作,对孩子的生活起居无暇顾及,但在所谓的"大事"如婚姻选择、职业规划等方面,依旧会出现父对于子的种种限制。而另一方面,由于传统意义上家庭的养育功能弱化,大部分年轻人有了独立的事业和家庭,"父母在,不远游"的思想几乎不存了,空巢老人比例明显上升。1999年,在央视春晚上唱响的那首《常回家看看》表达了多少老人的心声,"老人不图儿女为家做多大贡献,一辈子不容易,就图个团团圆圆"。

家庭关系不仅只有父子教养之法,还包含夫妻相处之道。然而,在传统社会中"夫为妻纲"却成为男性压迫女性的借口。明末清初,著名的思想家陶甄在谈起夫妻关系时曾说,家庭中,丈夫常以暴力对待妻子,在外面受委屈,回到家里却对着妻子耍威风,在主人面前忍气吞声,却在自己的妻子面前逞能,把妻子当作发泄愤怒的工具。

新文化运动期间,随着妇女解放观念的兴起,先进知识分子开始严厉抨击封建家庭中的男尊女卑、夫主妇从的伦理道德。他们指出,"男女同是人类,除了生理的组织稍有不同外,并没有两样的地方",因此家庭中的夫妻关系应该是平等的,没有尊卑之分,他们更明确提出"独身、结婚、离婚,夫死再嫁,或不嫁,可以绝对自由"。

蔡元培

夫妻互相平等、互相尊重的实践,首先出现在知识分子家庭中,蔡元培就是极好的例子。他的第一位妻子王昭是一位旧式妇女,在生活中奉行的都是一些旧伦理道德,总是称蔡元培为"老爷"。这当然引起了蔡元培的不满。为了帮助妻子破除封建的枷锁,让她意识到夫妻之间本应平等,蔡元培特意写了一份《夫妻公约》,把男女关系分为目交、体交与心交,而尤其重视心交,即夫妇同心,两情融合。王昭慢慢理解了《公约》之后,不再缠足,也逐渐破除封建迷信。夫妻二人相互尊重,生活得越来越融洽。可是好景不长,就在《夫妻公约》写好的同一年,王昭便因病去世。当时,32岁的蔡元培在江浙一带已经颇有名气,前来提亲的媒人络绎不绝,却都被他的"征婚启事"吓跑了。这份独特的"征婚启事"表明了蔡元培的征婚条件:女子不缠足,识字,男子不得娶妾,丈夫死了妻子可以再嫁,夫妻意见不合可以离婚。一个个惊世骇俗的字眼,无异于发布不婚讯息,向封建陋俗开战。然而无心插柳柳成荫,蔡元培迎娶的第二位夫人黄仲玉,恰好满足他"苛刻"的征婚条件,夫妻二人平等相处,互敬互爱。

近代以来,随着妇女经济的独立和地位的提高,夫对于妻的绝对把控大有缓解。虽然社会上仍存在"男主外,女主内"的观念,但在不少家庭中,即便妻子的收入高于丈夫,夫妻二人的关系也能平等、和谐。大部分女性积极努力地参与工作,与丈夫结成最亲密的同盟,共同承担赡养父母,养育孩子的责任,也享受夫妻相濡以沫的幸福。

新文化运动时期,先进知识分子不仅大力提倡家庭内部关系的变革,更加以身作则,在家庭生活中寻求"父、子、夫、妻"之间的平等、和谐。如今,在我们尽情享受天伦之乐,营造和谐家庭氛围的同时,不得不感念先驱们为此付出的努力。他们对于家庭关系的思考、实践,直到今天仍然具有独特的意义。

知识链接

空巢老人

空巢老人一般是指子女离家后的中老年人。随着社会老龄化程度的加深,空巢老人越来越多,已经成为一个不容忽视的社会问题。子女由于工作、学习、结婚等原因而离家,独守"空巢"的中老年夫妇因此而产生的心理失调症状,称为"家庭空巢综合征"。随着我国经济的发展,老龄化问题日益突出,"空巢老人"现象引起了社会极大的关注。从《中国人口老龄化发展趋势预测研究报告》中可以了解到,自2001年起,我国已正式进入到快速老龄化阶段,到2050年,中国的老龄人口总量将超过4亿,老龄化比例将超过30%,其中独居和空巢老人将占54%以上。空巢老人问题已经成为我国亟待解决的社会问题。

新文化运动与百年新思潮

为女性觉醒而呐喊

中国自孔孟儒学的正统地位确立以后,封建社会的道德规范对人的约束越来越紧。从肯定人性的限欲到"存天理,灭人欲"的禁欲,"饿死事小,失节事大"逐渐成为妇女生活的金科玉律。早在汉代就出现的《列女传》,就表彰了一个个烈女以生命为代价捍卫女人所谓的"清白""贞洁"的事迹。到了新文化运动时期,女子贞操问题受到了更为普遍的关注和重视,先驱们不仅对封建贞操观进行了全面而系统的批判,同时还提出了新的主张。

这场贞操观念的大变革,源自对民国初年表彰节烈歪风的强烈反抗。辛亥革命后,以袁世凯为首的北洋军阀篡夺了革命政权,并在思想界掀起了尊孔复古的狂潮。在这股逆流下,表彰节烈的沉渣泛起,各地报刊不断报道节妇烈女的事迹,而当地官员们也纷纷为她们送匾立碑。更让人愤怒的是,北洋军阀政府竟然以法律的形式颁布了《褒扬条例》，规定寡妇不应该再嫁，鼓励妇女以自杀的方式殉夫（包括未婚夫）。在这种风气下，妇女们纷纷走上守贞节的道路。1918年，一位妇女在丈夫死后试用了9种不同方式自杀，受了48天的罪，最后身亡。她的牌位被供奉在祠堂里让人膜拜，她本人也被很多妇女视为道德楷模。这些现象直接推动了先进知识分子的认真反思和强烈反抗，他们大力批判封建贞操观，借以唤起妇女的觉醒。

1918年，周作人翻译了日本作家与谢野晶子的《贞操论》。与谢野晶子尖锐质疑日本的贞操观的合理性，倡议人们"脱去所有压制，舍掉一切没用的旧思想、旧道德"，实现充实而有意义的人生。文章提出的"贞操不是道德"的观点对中国两千多年来形成的旧贞操观产生了强烈的冲击，成为先进知识分子们批判传统价值观念、抨击封建贞操问题的突破口。

与谢野晶子

先进知识分子首先站在民主和平等的立场上，认为封建贞操观念片面苛求女子而放纵男性，这是极不合理的。胡适指出，中国的男人都要求妻子守贞守节，而他们自己却公然嫖娼、纳妾，这是最不平等的。鲁迅则认定"节烈"是一种专门压迫女性的畸形道德，"即如失节一事，岂不知道必须男女两性，才能实现"，然而社会却只责备女性，对于"破人贞操的男子，以及造成不烈的暴徒，便都含糊过去"。可见，这种不平等的贞操观念将负担完全放在女性身上，给本来就处于弱势的女性带来了极大的压力和痛苦。

对此，先进知识分子积极提倡男女平等的贞操观，认为夫妻双方都有相互保持贞操的义务，而有诚意的贞操应该是夫妇之间深厚感情的体现，"不容有外部的干涉，不须有法律的提倡"。胡适进一步提出，平等的贞操观应该是夫妻之间有着同样的贞操态度，如果丈夫嫖妓娶妾,妻子自然也没有守贞操的义务。而法律既然不惩罚男子的嫖妓纳妾,也就不能褒扬女子的"节烈贞操"。这在当时有力地促进了传统贞操观的迅速瓦解,先进知识分子以男女平等和妇女解放为出发点,鼓励女子摆脱封建压抑,追求自由平等的幸福人生。

其次,从尊重人性的角度出发,节烈本身就是一件很痛苦、很不合理的事,很多守节的妇女或者是因为不敢逾越礼教规矩,或者因受他人的威胁逼迫,所以强行克制自己的感情。然而这其中的痛苦和艰难,却是常人所难以承受的。鲁迅曾对传统的"节""烈"给出了精辟的说明。"大约'节'是丈夫死了,决不再嫁,也不私奔,丈夫死得愈早,家里愈穷,他便节得愈好"。而所谓的"烈"则可分为两种情况,"一种是无论已嫁未嫁,只要丈夫死了,他也跟着自尽;一种是有强暴来污辱他的时候,设法自戕,或者抗拒被杀,都无不可"。显然,封建贞操观剥夺了女性对情感和生命的自主选择权,使丧偶的女性处于节烈的痛苦中或者担心节烈的忧虑之中。这种没有人性的贞操观,无异于变相的杀人工具。

与谢野晶子与丈夫

鲁迅的杂文《论秦理斋夫人事》就讲述了一个"妻殉夫"的"烈女"秦理斋夫人之事。秦理斋是上海《申报》馆的英文译员,在他病逝之后,住在无锡的秦父要求秦的妻子回乡。由于子女都在上海读书,秦妻一时不能回去。父亲便多次给秦妻写信,"既耸之以两家的名声,又动之以亡人的乩语",催逼她回家。她的弟弟甚至写出"妻殉夫,子殉母"的挽联,秦妻最终承受不住压力,与子女四人一同服毒自杀。以自杀结束生命,秦妻无疑是懦弱的。但是她的懦弱来自何处呢?鲁迅认为正是"经济的压迫,礼教的制裁",是"驱人于自杀之途的环境"。妇女守节是"极难、极苦、不愿身受,然而不利自他,无益社会国家,于人生将来又毫无意义的行为"。女子自己并不愿意节烈,甚至"无论何人,都怕这节烈","怕他竟钉到自己和亲骨肉的身上"。就像茅盾所说,"中国的贞操主义就是吃人的主义,就是骗人自骗的工具"。

新文化运动时期的进步知识分子在鞭挞封建贞操观的同时,也提出了更加宽容的新式贞操观和新式道德观。他们认为,贞操是异性恋爱的真挚专一,是夫妻相待的一种态度。夫妻之间感情深厚,无论生死,都不愿意把这种感情转移到别人身上,这才是真正的贞操。除了强调感情是第一位的,胡适更加大胆地提出,女子如果被强暴所污,绝没有必要自杀,因为她的贞操并没有损失,人格尊严也没有降低。社会上对于这种受到伤害的女子,应该加以怜惜,而不是轻视。这样的主张不仅保护了很多由于无力反抗而受到侮辱、压迫的妇女,而且在当时社会起到了振聋发聩的作用,也唤醒了众多一直用封建礼教压抑自己的女性。

沈兹九就是一位解放贞操观念的实践者。1898年,沈兹九出生于浙江德清,17岁结婚,21岁时丈夫不幸生急病去世。雪上加霜的是,失去丈夫的沈兹九并没有得到夫家怜爱,反而失去了自由。夫家命她保守贞节,将她禁闭,让其诵读佛经,学习禅道。起初,沈兹九不得不这样做。所幸她的父亲颇为开明,看到女

沈兹九

儿在夫家受苦,很是心疼。在父亲的策划下,沈兹九逃往日本,进入东京女子师范美术专科学校学习。回国后,她进入浙江女子师范学校任教,并很快成为一名进步人士。1934年,沈兹九在《申报》上开辟了"妇女园地"专栏,传播进步思想。后来又创办《妇女生活》杂志,号召妇女抗日救亡,为女性解放事业作出了卓越的贡献。

新文化运动时期对贞操问题的讨论,实质是以此为突破口,对压迫妇女的封建礼教进行全面清算,引起社会对这一问题的重视,从而将妇女解放思潮引向深入。思想界对于传统贞操观的深刻批判,激发了广大青年妇女追求独立人格和自主生活的热情。她们开始抛弃传统贞操观,明确要求取缔奖励贞操的法律条文。

新中国成立以后,随着社会主义制度的建立和健全,男性和女性首先实现了在法律和人格双重意义上的平等,新的社会主义贞操观念逐渐确立。它既不同于封建礼教下旧的贞操观念,又不同于西方资本主义国家所崇尚的"性解放""性自由"。新的贞操观念要求新时期的女青年,既要珍惜自己宝贵的贞操,懂得自尊、自爱、自立、自强,同时绝不迂腐地做守贞烈女。即便因为不慎失足或无力抵抗而失去贞操,也不能自怨自艾、放弃生命,要抛开世俗的偏见,与不法分子作坚决的斗争,更要胸襟开阔,正视人生,让自己的青春绽放光彩。时至今日,传统的贞节牌坊已经逐渐离我们而去,然而要实现女性彻底解放的目标,还有很长的一段路要走。聆听新文化运动时期先驱们的呐喊,依然让我们获益匪浅。

| 知识链接 |

性解放

"性解放",又称"性革命"或"性自由",是20世纪六七十年代发生在西方的一种挑战传统性观念和性道德的社会思潮和社会运动。性解放的内容包括非婚性行为、开放式婚姻、在公众场合裸体等。性解放思潮是一种要求性行为绝对自由的资产阶级思潮,否认两性关系的社会性,把肉体感官,特别是性感官的快乐视为人生最大的快乐和幸福,以及自我解放和谋求幸福的唯一途径。从伦理学上看,它是极端利己主义和自由化在两性关系方面的非道德化的表现,其核心是享乐主义。

杰出的时代知识女性

在中国五千年的历史中,文学方面的成就是灿烂辉煌的,但历数近代以前的女作家,却是寥若晨星,被大家所熟知的女性文人不过蔡琰、李清照、朱淑贞等几位。且即便有女子创作,也不过自怜低语"山亭水榭秋方半,凤帷寂寞无人伴",或凄怆哀叹"连天衰草,望断归来路",倾诉着闺房怨或离别苦。新文化运动时期,陈衡哲的出现,宛如一阵清风,吹散了女性创作的阴霾。她不再一味地抒发自身的哀怨情怀,而是开始感应时代的脉搏。她用事实说话,成为杰出的时代知识女性,在谱写自己传奇一生的同时,也谱写了一曲女性解放的新乐章。

1890年,陈衡哲出生于江苏省武进县,虽然她自小在家读书,没有上过小学,但她的舅舅每次回家省亲时都会充当她启蒙老师的角色。由于舅舅对西洋的科学文化推崇不已,便自然而然将他所看到的"另一个世界"的图景讲给陈衡哲听。舅舅总是对她说:"你是一个有志气的女孩子,你应该努力地去学习西洋的独立的女子。……一个人必须能胜过他的父母尊长,方是有出息。"陈衡哲后来回忆说:"这类的话,在当时真可以说是思想革命,它在我心灵上所产生的影响该是怎样的深刻!""舅舅实是这样爱护我的两三位尊长中的一位。他常常对我说,世上的人对于命运有三种态度:其一是安命,其二是怨命,其三是造命。他希望我造命,他也相信我能造命,他也相信我能与恶劣的命运奋斗"。

陈衡哲

这"造命"的思想就如同一颗种子,在年少时的陈衡哲心里种下,并且随着她长大,渐渐地在她的思想中发芽,促使她用自己的行动去创造出属于自己的命运。

其实陈衡哲在很小的时候,就已经显露出她"造命"的一面。七岁时,她拒绝缠足,多次与母亲斗智斗勇,她的"脚船"才得以正常生长。十三岁时,她终于将进学校学习的强烈愿望变成现实,大胆地离开父母,几经波折,进入上海中英女子医学院。众所周知,在中国的儒家文化中,男性须读书扬名,女性却是"无才便是德",没有接受正规教育的权利。虽然1907年,清政府颁布了中国第一部女子教育法令——《奏定女子小学堂章程》,但这章程中,特别强调了女德,仍明显体现了封建社会对女性的歧视与控制。陈衡哲在社会普遍忽视女性教育的环境下,顶着重重压力,学习能实现自我价值的新知识。她在上海中英女子医学院努力地学习英文,终于在1914年的清华学堂留美考试中脱颖而出,考取了美国五所知名的女子大学之一的瓦沙女子大学,获得了去美国进入名校

《西洋史》封面

学习科学文化的机会,她也成为中国第一个公派女留学生,在追求自我价值的道路上跨出了重要的一步。

在瓦沙女子大学,她开始专修西洋历史,同时兼修西洋文学,成为第一个以西洋学为专业的中国留学生。回国后,陈衡哲更是以学者的智慧与理性摆脱狭隘的观念,率先研究西洋史。更难能可贵的是,在其撰写的《西洋史》中,她表达了自己反对战争、倡导和平的世界历史观,突破了"以西洋人眼光看西洋史"的视角,彻底实现了"以中国人眼光看西洋史"的视角转换,并凭借着独树一帜的思想,成为了独具视角的史学家。

更引人注意的是陈衡哲的作家身份。1917年1月,胡适发表《文学改良刍议》,开始为新文学革命摇旗呐喊。新的思想虽然振聋发聩,但在推行中遭到重重阻碍。此时,陈衡哲第一时间站了出来,积极响应胡适推行白话文的号召,创作了小说《一日》,发表在1917年5月的《留美学生季报》上。这比被誉为文学史上第一篇白话小说的《狂人日记》还早了一年。除了创作白话文小说,陈衡哲还是新文学的第一位女诗人,她最早的白话诗歌作品《人家说我发了痴》,发表于1918年9月15日《新青年》

《小雨点》书影

第5卷第3号。同时,她还是中国创作童话的第一人,她的第一篇知识童话《小雨点》,刊于1920年9月1日《新青年》第8卷第1号,是中国现代最早的童话小说,比现代童话奠基人叶圣陶的《小白船》《一粒种子》等作品早了一年。

在文学创作上,陈衡哲不仅怀着拓荒精神大刀阔斧地在小说、诗歌等领域开辟道路,成为现代女性作家创作的开端,更一改传统女性文人专写伤春悲秋、深闺哀怨等题材的狭小格局,进行更为广阔的创作,尤其是对女性问题予以了高度关注。在《巫峡里的一个女子》中,陈衡哲就用怜悯的笔触描写了一位不幸女子的生活经历:为了摆脱婆婆的虐待,她和丈夫、儿子离家出走,逃到巫峡的荒山里。为了生存,丈夫到山下去打短工,不幸一去不返,她选择坚守在荒山里继续过着与世隔绝的孤苦生活。囿于时代的局限,陈衡哲在这篇小说中没有为笔下的人物指出路在何处,但她突破了自我格局,怀着对下层女性的深切同情,描写了女性的生存现状,表现出她强烈的社会批判意识和参与意识。这有力地带动了一批女性作家的创作,使她们亦纷纷对社会投去关切的目光。比如冰心曾创作《超人》《斯人独憔悴》等问题小说,大胆揭露了封建思想对人性的摧残,唤醒人间需要的爱和温暖;庐隐也创作了《一封信》《海滨故人》等作品,关注妇女的命运,表达她对社会的思考和理解。

1920年,陈衡哲回国后受蔡元培之邀到北京大学任教,讲授西洋史和英文课。在这之前,中国还没有一位女教授。她不仅成为中国现代教育史上第一位女教授,而且凭借着学贯中西的知识和先进的教育思想,受到了广大青年学生的欢迎。在大学任教期间,陈衡哲针对中国当时存在的女性教育问题,写了许多文章,如《妇女问题的根本谈》《女子教育的根本问题》等。她在这些文章中表示,女性教育应致力于培养在心理、人格上得到解放,身体、思想境界全面发展的新女性。为了实现这一目的,女性教育应在体育教育、人格教育、文化知识教育、职业教育等领域全面深入发展,促使女子抛弃千百年来遗留下来的腐朽思想,挣脱出被压迫的深渊,拥有健全的身体、思想与人格,享受自由,并在未来的发展中有所成就。这些观点至今仍有其积极的意义。

陈衡哲除了在文、史以及教育上贡献突出,显示出她的过人之处,在生活上她也彰显着特立独行的作风,成为了女性解放的引领者。她曾在自传中写到她非常排斥被称为"某太太",她认为对一个有个性、有自立能力的女性来说，当她凭借自己的努力，在音乐、绘画、文学创作等领域有所成就时，她应该保留自己的姓名。她拒绝做男性的依附品，强调自我的价值。同时，在婚姻上，陈衡哲是现代中国第一位力行婚姻独立的女性。十八岁时，她便拒绝了家庭安排的婚姻。后来，她成为一位不婚主义者，为了理想和事业，曾决意单身。陈衡哲认为，家庭生活，不能满足某些才高女子的志愿，这样就会造成她们爱情与事业之间的冲突。在《洛绮思的问题》一文中，她就以洛绮思担心婚后琐碎的家庭生活阻碍她的学问事业从而解除婚约的故事，对现代知识女性爱情与事业的矛盾给予了高度的审视与概括，同时也表明了自己"不婚主义"的思想倾向。

在陈衡哲的影响下，邓颖超、张若名等人也倡导过"不婚主义"。苏雪林晚年回顾自己的人生经历时说："假如我婚姻美满，丈夫怜爱，又生育有一窝儿女，我必安于家庭生活，做个贤母良妻，再也不想到社会上去奋斗，则我哪能有今日的成就？"虽然现在看来，她们把婚姻和事业对立起来，看作不可兼得、非此即彼的关系，有失偏颇，但是这反映了她们对当时自身处境的审视和判断，具有的挣脱被禁锢在家庭中的宿命的勇气和创造、把握自己命运的坚定决心，这具有很大的意义。更多的女性不再完全以家庭为唯一关心的重点，而是看到事业的重要性，力争做出自己的事业。

总之，陈衡哲怀着强烈的"造命"意识，不断追求个人价值，把握自己的人生，是杰出的时代知识女性。以她为开端，中国不断涌现越来越多的知识女性，如萧红、丁玲、张爱玲、王安忆、铁凝……她们都继续秉承着特立独行的精神，或愤然离家出走，拒绝包办婚姻；或大胆书写性欲，剖析自我心理；或直白描摹身体，唤醒女性审美意识……女性也更多地看重自身价值，走向越来越广阔的天地。我们相信，中国女性会在"巾帼不让须眉"的道路上越走越远。

> 知识链接

《西洋史》

《西洋史》是一部章节体西洋通史，由陈衡哲写于20世纪20年代。原为应商务印书馆王云五之约编纂的高中历史教科书，但该书的体例不为教科书体例所囿，具体包括了先史时代、埃及古文化、西亚古文化、希腊历史的背景、希腊古文化、罗马古文化、蛮族入寇时代、封建时代、近代列国的成立等章节的内容，真正实现了"以西洋人眼光看西洋史"向"以中国人眼光看西洋史"的视角转换。该书最早由商务印书馆1924年出版，五年内出了六版，流传很广。胡适曾在《介绍几部新出的史学书》中评价它时说道："这部书可以说是中国治西史的学者给中国读者精心著述的第一部《西洋史》。在这一方面，此书也是一部开山的作品。"

新文化运动与百年中国

"男女同校"大争论

自古以来,三纲五常的封建伦理、"男女授受不亲"的传统礼教、"女子无才便是德"的封建古训就像绳索一样捆绑着女性,让女性教育的历史长期处于空白状态。在维新变法时期,梁启超提出了"贤妻良母"的主张,提倡通过办女学,使女性成为能够相夫教子、宜家善种的"贤妻良母",在一定程度上推动了女性教育事业的发展。然而随着时间的推移,"贤妻良母观"的局限性日益凸显,成为女性教育发展的阻碍。新文化运动时期,先进知识分子提倡"男女平等",对女性教育提出了更高的要求,首先发出了"男女同校"的呼吁。

起初,男女同校的呼吁并未得到多数人的认可,反而引起了一场争论。争论的焦点之一在于大学应不应该男女同校。反对者公开站在男女有别的立场上,认为男女各有应尽的天职,如果让男女共同接受教育,就是在让女子摒弃自己的天职。而支持者则指出,男人和女人本来就都属于人类,从生理上说的话,都有手足四肢,有差异的只是一小部分;从心理上探讨的话,他们的精神作用、情绪波动、意志人格也并没有太大的差别。因此支持者认为,男女都一样,凡是男子能做的事,女子也一定可以,所以男女同校势在必行。

争论的焦点之二就在于大学能不能实现男女同校。从男女有别出发,反对者又进一步提出"男智女愚"的观点,认为女子本身的智力和素质不及男子,所以女子教育才会失败,男子才能拥有统治女子的权利。在胡适看来,这些反对的理由实在是荒唐可笑。他认为,女子教育失败的原因在于没有接受足够的解放的教育。所谓"解放的教育",就是无论是中学还是大学,都要实现男女同校,让他们受到同样的教育,有相同的知识储备,然后才能拥有同样的生活。1919年10月,李达在著名的《女子解放论》中明确主张男女同校,并阐述了这样做的必要和益处。他认为,最自然且不可回避的,就是男女两性都有向上进取的倾向,而教育作为能够改变人类生活的条件,不应该有所差别。在男女同校共学的情况下,无论男女都能接受更加普遍真实的训练,实现正当的发展。同时,男女交际日渐加深,可以获得集思广益的效果,并使男女之间产生真挚的友谊。作为"男女有别"的反对之辞,李达也指出:"男女同校,不过要求撤去在过去社会中妇人生活之不自然的和人为的障壁,并非要求女性变为男性。这是明明白白的道理,想再也没有疑问了。"追求女性解放并不是为了取消男女之间的差别,而是为了实现男女权利义务的平等。

在新文化运动先驱要求大学校门向女生开放的声浪中,来自甘肃的女子——邓春兰,发出了开放女禁的第一声。邓春兰出生于一个从事教育事业的学者家庭。1911年,在兰州省立女子师范学校毕业后,邓春兰进入一所小学任教。此时的邓春兰正因为自己不能进入大学而深感遗憾。恰好,《北京大学日刊》登载了时任北大校长的蔡元培的

《贫儿院与贫儿教育的关系》演讲文章,文中再次呼吁男女教育平等。邓春兰看到后,心情十分激动,再加上各种解放思想的传播给了她莫大的勇气和力量,于是这个23岁的教书女孩勇敢地站了出来。她提出,既然男女应该平等,为什么男子可以进入各式各样的学校,学习各种专业,而女子就只能进入女子高等师范学校这一所大学呢?1919年5月19日,邓春兰写信给蔡元培,信中说自己早年读书的时候就渴望实现男女平等,而经济、政治等方面的一切平等,都应该以教育平等为基础。因此她提议,首先应该在北京大学附属中学内设置女生班,等到升入大学预科班之后,再实现男女同学。没想到信至北京,正值蔡元培抗议军阀镇压学生运动愤而离职的时候,所以邓春兰并没有得到回应。她开始意识到,要实现男女同校,必须依靠女性自身的力量,当即决定在北京组织"大学解除女禁请愿团",并拟订《告全国女子中小学生同志书》,呼吁开放女禁,实现男女同校。后来,邓春兰致蔡元培函及呼吁书被京沪各大报纸争相登载,引起了社会的广泛关注。当时文化界的名人陈独秀、李大钊、胡适等也纷纷在报刊撰写文章,支持男女同校。《少年中国》《少年世界》等杂志还出版了"妇女号",专门讨论男女教育平等、职业平等及有关妇女的婚姻家庭等问题,男女同校的呼吁进一步推动了妇女解放事业的发展。

邓春兰的呼吁和呐喊在全国舆论界产生了积极的效果。胡适在《大学开女禁的问题》一文中具体设想了开女禁的步骤和程序,认为大学首先应当延聘有学问的女教授,然后从招收女子旁听生开始,研究现行的女子学制,改革课程。而在文章最后,胡适更加深刻地提出:"我现在不能热心提倡这事。我的希望是要先有许多

民国时女学生制服

能直接入大学的女子,现在空谈大学开女禁,是没有用的。"后来大学开放女禁、男女同校的呼吁逐渐落到实处,大体上就是按照胡适的设想进行的。

蔡元培

素来主张男女平等的蔡元培也大力推广、普及女子教育,开创了近代中国男女同校的先河。1912年,他任教育总长后,立即规定小学实行男女同校。1917年他任北京孔德学校校长,首次开了中学男女同校的先例。1919年9月19日,蔡元培复职北大校长,当年年底,蔡元培针对男女同校问题答上海《中华新报》旅京记者时说,教育部的章程中本来就没有大学学生只限于男子的规定,况且欧美国家的大学都是男女并收的,所以大学并不存在开放女禁的问题。蔡元培当即表示,北京大学在第二年招生时,只要是学习程度符合的女学生都可以报考,而且只要成绩合格,就可以进入北大读书。这次答记者问,蔡元培坚定地主张开放虽无条文规定,但又实际存在的大学女禁,并且提出了实施办法。第二年,北京大学便第一次招收了邓春兰、王兰等九名女学生。

如今,男女同校的愿望早已成为现实,妇女在社会生活中也有了更大的自主选择权利,女性解放事业也在不断深入发展。然而我们不能忘记,近代大学之门对女子的敞开是从新文化运动时期才开始的。如果没有这场关于"男女同校"的大争论,没有先进知识分子为实现男女教育平等而付出的努力,没有新女性为获得公平教育权利而进行的呼吁和呐喊,女性或许至今仍无法同男性一样进入高等学校接受教育。不可否认,"男女有别"的偏见目前尚未彻底消除,我们依然能够看到高考录取过程中存在一些男女不平等现象,例如部分专业女生的录取分数线比男生高出近40分。而相应的,在社会的某些行业(如护理、幼师),女性从业者远高于男性,不少用人单位不得不相应降低对男性的要求,缩减女性招聘名额。但是随着法治社会的不断完善,我国首先在法律上对女性受教育的权利予以明确肯定,进而采取实际措施和办法,尽力消除男女不平等的各种社会现象。至此,以"男女同校"为起点的教育公平得到了更好的实现。

知识链接

贤妻良母观

梁启超提出女子教育思想。梁启超从国家主义出发,从"保国""保种""保教"的目的出发,超越了历史和所处时代对女性的束缚,强调女子受教育的社会责任和义务。梁启超的女子教育思想受到日本明治维新时期女性观和女子教育制度的影响。他认为:第一,女子受过教育会更贤淑,更能做好贤妻良母;第二,男女各执一业,男主外,女主内;第三,女子要主动主内,而非被禁锢,要主动承担起作为女国民应承担的事务。总体而言,梁启超的女子教育目的是以培养"贤妻良母"为核心,从三个层面对女性进行定位:一是相夫教子的国民之母,二是独立自养的女国民,三是具有新的道德观念、精神风貌和理想人格的新国民。

《贫儿院与贫儿教育的关系》

《贫儿院与贫儿教育的关系》是1919年3月15日蔡元培在北京青年会所作的演讲,他提出了学前儿童公育的理想。他揭露了封建家庭的黑暗及对儿童产生的种种不良影响,主张不论哪个人家,要是妇女有了身孕,便进胎教院;生了子女,便迁到乳儿院;一年以后,小儿断乳,送到蒙养院受教育。他还提出,胎教院等机构的设备,如饮食、器具、花园、运动场、装饰的雕刻与图画、书报等都要有益于孕妇或乳儿的母亲的身体与精神。在演讲中,蔡元培也提出了男女平等教育的观点,指出"改良男女关系必须有一个养成良好习惯的地方,我以为最好的地方是学校了。外国的小学与大学,没有不是男女同校的;美国的中学也是大多数男女同校"。

"社交公开"大讨论

伴随着新文化运动中种种新思潮的袭来,五四先驱将目光投射到"大门不出,二门不迈"的中国女性身上,大胆喊出"社交公开"的口号,开展了一场关于"男女社交公开"问题的大讨论。这为中国女性步入学校、职场和社会,接受教育、开展事业奠定了坚实的基础。

众所周知,"男女授受不亲""男女七岁不同席"等是封建社会男女交往之间的基本准则,是人们根深蒂固的行为模式,是人们不可逾越的礼教规范。"窗户外"的世界都是男性在主宰,女性只能在"窗户内"寻得自己一片狭小的天地,"偶然在门口站站,也要遮遮掩掩,探出退进,一见了人,便好似见了老虎一样,往里直逃"。即使是在"思想闸门"刚刚开启、女

觉悟社成员

性活动被放宽的民国初年,男女社交走向公开的趋势仍然为社会所不容。在各地仍会经常看到如今令人感到匪夷所思的禁令和规定。比如,在女校有禁止学生结伴游行,禁止男女学生交际的规定,甚至就连来往信函都要检查。有的学校甚至提出,如果到女师学校当教员,"必须年满五十岁,没留胡子的不要;教员讲书,二目必须扬视,眼看天花板,不准看学生的面孔"。更有甚者,比如长沙周南女校,要求上课时"男教师不能直接面向女学生。讲台上挂着一块帕帘,将师生分开,学生但闻其声,不见其人,实行'垂帘'讲课"。

随着新思想的不断传播,先进的知识分子逐渐意识到了"男女有别"礼教观的种种弊端,由此展开了猛烈的抨击,并发出"社交公开"的呐喊。其中,率先发声的是杨潮声。

1919年4月15日,《新青年》第6卷第4号发表了署名为杨潮声的文章——《男女社交公开》,主张"破除男女界域,增进男女人格"。在文章中,他说:"我想男女同是人类,除了生理的组织稍有不同外,并没有两样的地方。我们中国人为什么因为这两个字,生出种种的问题呢?照我个人看起来,都是受古人遗传下来的'礼教'两个字的毒。"在杨潮声看来,"女子是人,不是东西。有人格的男,和有人格的女,交际就是人与人交际,无所谓'礼防'不'礼防'。'道德'是真的,善的,美的,'礼防'是伪的,虚的,有'礼防'并不足以致道德,无'礼防'并不就是不道德,并且可以致道德。所以要守旧道德,也不妨使男女之界域破除,交际公开"。

杨潮声的呐喊犹如一缕阳光投射向禁锢着女性的牢笼中。随后,胡适、沈雁冰等新文化运动倡导者都发文予以宣传和响应。其中,胡适在讲到男女社交的意义时说,男女共事,可以互相脱去很多不良习惯。比如男子因常与女子在一堂,可以脱去许多诸如秽口骂人等野蛮无礼的行为。女子也因经常同男子在一起做事,脱去了许多娇嫩柔弱的习惯。社交公开的最大好处就在于能够培养男女自治的能力。为了与外国情况相比,胡适还特地举出美国同时期的情况。美国的少年男女,从小就享有同等教育的权利,他们可以在同一间课堂里读书,同一个操场上嬉戏,男女交往的界限都被消灭,呈现出另一番情景。

尽管胡适描绘了一幅美好的图景,但现实情况却总是不容乐观。要实现"男女社交公开"的倡导可谓步履维艰。当时反对男女社交公开者一致认为,女子是没有现身社会的资格的,甚至认为如果男女社交公开,那就象征着国民道德的堕落。社交不公开,男女坚守着礼教,尚有众多不道德之事发生,那么如果社交公开,不道德之事自然更易发生,后果不堪设想。

郭钦光

这样的复古论调,确实加重了人们的思想负担,使人们在突破"男女大防"时变得犹疑与胆怯。1919年5月就发生了这样一件事:在北大学生郭钦光的追悼会上,反对者们扬言,如果有女子主持会议,就是对社会风化的玷污和辱损。在复古势力的大放厥词之下,天津女学生都不愿担任会议主席,只能请男校学生代为主持,并声明"惟是社会陋习,女子与外事易被误会或致污议,而追悼会之举不能不致男宾,而招待男宾则毁谤随之矣;再三思维,用是转请男学界诸同胞荩令代为主席"。在社会舆论的压力之下,思想解放的女性在与男性交往时都要如此谨小慎微,社交公开践行的不易可想而知。

但历史的车轮总是不断向前转动,思想的进步无可阻挡。就在新旧两派对社交公开的必要性争执不下之时,有人冷静地提出批评:"对于男女社交公开的要素,却很少听见他们去研究一下,这个结果恐怕很危险。"换言之,男女社交公开的实施,遵循何种原则更加重要,是更值得去探讨和研究的。可以说,这一批评宛如醍醐灌顶般为这场激烈的论战打开了一条更为清醒的思路。也正是在这样的批评下,社会上终于出现了关于社交公开应如何进行的讨论。有一位署名为"邹恩泳"的读者发表了一篇名为《男女社交公开的要素》的文章,文中提出,在交往的过程中会结识很多新的朋友,这些朋友的人品有好有坏,这一定要学会"鉴别"。在和他人社交时,也一定要"自重"。如此,从他人角度和自身角度诠释了社交中并行不悖的"鉴别"和"自重"这两个要素。至于如何提升这两要素,更有研究者进一步指出:其一,发展女子教育,多举办教育会、女子研究会、妇女平民学校等;其二,发展女子职业,如组织妇女职业会,兴办妇女工厂与传习所等。通过如此途径,为男女社交提供较为明确的出路。

正是在全社会的探讨声中,"男女社交公开"得以一步步地落实,成为一股社会思潮。在"社交公开"的思想洗礼之下,男女平等的思想也得以进一步倡导。比如,在五四爱国运动中,男女拧成一股力量,游行请愿,联合行动。他们或一起愤懑罢课,或一起示威游行,甚至有很多女生敢于"冒天下之大不韪",前往监狱去关心和慰问因街头讲演而被逮捕的男同学。还有一些进步团体开始吸收女青年加入,不再带着男女有别的有色眼镜,而是怀着男女平等的思想,打破男女交往的界限。天津的觉悟社是具有典型意义的代表。1919年9月,青年进步团体觉悟社在天津成立。觉悟社规定社内男女人数应该均等,在社内男女享有同等权利,还明确宣布坚决铲除"男女有别"等封建礼教观念,要积极吸纳更多的女青年的加入。在觉悟社内部,实行相互尊重、友好相处、坦白相待的新型男女合作关系,这成为五四时期男女社交公开的典范。

男女社交公开极大地扩大

觉悟社

了女性参与活动的机会,引导着她们以一种更加平和的心态面对男性,并以一种更加积极主动的姿态融入新的社会生活。男女社交公开的新思潮,延续百年,深入到社会的方方面面,从深远意义上促进了中国社会的长足发展。试想,如果没有男女社交藩篱的打破,怎么会有2014年青奥会680人参加8×100米男女混合接力赛的盛大场面?怎么会有持续进行男女合演的浙江越剧团为我们献映的剧目经典?怎么会有十八届四中全会男女共商国是的画面?……一场"社交公开"大讨论,为男女社会关系的和谐发展奠定了基础。这也正对应了当今提倡的社会主义核心价值观中的和谐理念,特别是指人际关系方面的和谐。男女社交在公开、健康的平台上发展,和谐才会成为当今社会的常态。

知识链接

男女同学

"男女同学"一词源于美国第一次在奥伯林联合学院进行的试验。1833年,女子获准进入该院的中学班级,1837年获准进入该院学习,由此,将"男女同学"变成现实。然而,中国"男女同学"的出现比美国晚大半个世纪。就小学来说,虽然1906年6月,《申报》副刊已展开讨论男女分校或合校的问题,1911年学部也颁定了相关办法,但都没有实施,直到1912年学制规定小学男女同学,高小以上分校,"男女同学"才开始落实到行动中,并在五四运动前开始形成风气,1920年推及全国。大学方面,1919年5月,甘肃女青年邓春兰给蔡元培写信,要求北大招收女生,这引起全社会的关注。要求打破社交藩篱,开放女禁的呼声与日俱增。蔡元培9月明确表示同意女生入学。此后,全国国立大学纷纷招收女生。就中等教育而言,"男女同学"支持者和反对者之间进行了热烈讨论,延展出很多对"性教育问题""训练管理问题"等的看法,对社交公开,实现"男女同学"起到了推动作用。终于到1927年,中学"男女同学"成为无可阻拦之势。由此,"男女同学"的要求在小学、中学、大学才均得以实现。

新文化运动与百年中国

从男尊女卑到男女平等

"男尊女卑"作为传统社会的主流伦理观念,几千年来根深蒂固地存在于人们的思想意识之中。女性不仅在经济上不能独立,在政治和家庭中更是没有地位。这种情况束缚了社会生产力的发展,阻碍了社会生活的进步,并且直接形成了重男轻女的恶习,造成人口发展畸形等严重的社会问题。新文化运动以来,为了改变"男尊女卑"的社会观念,先进知识分子发出"男女平等"的倡导,呼吁女性自我觉醒,为实现独立自主的人格而奋斗。

在古代,男性和女性从出生起就有着地位上的差别。《诗·小雅·斯干》中说:"乃生男子,载寝之床,载衣之裳,载弄之璋……乃生女子,载寝之地,载衣之裼,载弄之瓦。"男孩一出生就被放到床上,以示其地位之高;女孩一出生就被放在地上,以示其地位之卑。而除了寝地不同,从服饰到玩物都有着贵贱之别,男孩儿要穿衣裳,玩弄宝玉,表示他将来要建功立业、安享富贵;女孩儿则身裹襁褓,玩弄纺锤,表示她将来要养蚕织衣、料理家务。可见,男尊女卑的习俗由来已久。到了春秋战国时期,又出现"以顺为正者,妾妇之道也"的观念,至此以男女有别为主导的男尊女卑、阳刚阴柔、男外女内的观念便已经成为全社会所普遍接受的伦理观,对中国后世数千年的传统伦理道德观产生了深远的影响。

新文化运动时期,面对不断上演的因"男尊女卑"而酿成的悲剧,先进知识分子大力提倡男女平等。首先,他们认为男女平等的首要条件在于实现女子经济独立。李大钊在《物质变动与道德变动》中,认为"妇女在社会上的地位随着经济状况变动"。同样的观点,李达在《女子解放论》中也有提到。他指出,"女子的地位常随经济的变化为转移",所以女子如果想追求真正的幸福,应该首先求得经济的独立。假如女子能有经济独立的能力,那么"男女间一切不平等的道德和条件,也可以无形消灭了"。陈独秀在《妇女问题与社会主义》的演说中提出,"妇女问题虽多,总而言之,不过是经济不独立。因经济不独立,遂生出人格的不独立,因而生出无数痛苦的事情"。这些主张极大地冲击了"男尊女卑"的陈腐观念,推动女性逐渐摆脱对家庭和男性的经济依赖,实现自己的人生价值。

张幼仪就是一个摆脱依赖心理,走向经济独立的新女性。1915年,年仅十五岁的张幼仪尚未结束学业,就在哥哥的撮合下嫁给了徐志摩。事实上,二人的婚姻关系虽然维持了七年,但徐志摩从未真正爱过张幼仪,之所以娶她,只是因"媒妁之命,受之于父母",因而对她十分冷淡。这样的婚姻自然让张幼仪痛苦不堪。

张幼仪与徐志摩

最初,她信守着"丈夫即天"的信条,选择逆来顺受,包容丈夫的任性和对她的轻视,努力维持着这段没有爱的婚姻。终于,一次又一次的打击让她认识到,不管她做什么,徐志摩都不会回心转意。离婚后,她摆脱了对丈夫和家庭的依赖,勇敢地独立生活,在欧洲接受先进的教育,抚养孩子,甚至毫无怨言地赡养徐志摩的父母。幸而,此时的她已经有了自己的事业,成为上海女子商业储蓄银行副总裁及云裳服装行总经理,表现出非凡的经营管理能力,成为一个令人瞩目的独立新女性。

其次,政治上追求男女平等的思想导致了女子参政运动的二度兴起。早在民国初年,中国就发生了一场声势很大的女子参政运动。1912年,当时的五个女子团体联合组成了"女子参政同盟会",提出"男女平等,实行参政"的口号。她们多次向参议院请愿,要求女子获得参政权,并创办妇女报刊,宣传男女平等思想。但是在袁世凯的独裁统治下,女子参政同盟会最终被明令解散。到了新文化运动时期,随着妇女解放事业的不断发展,女子参政的呼声再次响起。陈独秀曾明确指出:"自人权平等之说兴,奴隶之名,非血气所忍受……女子参政运动,求男权之解放也。"同时号召女性摆脱封建礼教的束缚,以恢复独立自主的人格。李大钊则更加深刻地提出解决妇女问题的根本途径:"一方面要合妇人全体的力量,去打破那专断的社会制度;一方面还要合世界无产阶级妇人的力量,去打破那有产阶级(包括男女)专断的社会制度。"他认为实现了社会主义,"男女关系也必日趋于自由、平等的境界"。

相较于民国初年的第一次女权运动,这次争取女子参政的运动规模更大,范围更广,理论水平也更高。两大妇女联合会——女子参政协会、女权运动同盟会不仅通过发表宣言、演讲争取宪法上的男女平等,同时发动更大规模的请愿活动,创办会刊,联合新闻界和学界,争取更多的支持力量。1923年5月,万国女子参政会第九次大会在意大利举行,

43个国家的2000多名代表参加大会。中国也有两位女性代表出席了大会,其中之一就是著名的女权运动的先驱——郑毓秀。1919年,第一次世界大战的战胜国在凡尔赛宫召开巴黎和会,中国作为战胜国,也派代表出席了和会。当时的郑毓秀因为精通英、法两种语言,被任命为巴黎和会中国代表团成员,担任联络和翻译工作。众所周知,和会上提出的条约对中国很不利,国内五四运动的爆发也反映了人民要求拒绝签约的强烈愿望。这让时任北京政府外交总长的陆徵祥感到左右为难。作为巴黎和会中国代表团的团长,他既不愿违背人民的意志,又不能反抗北京政府的命令。巴黎和会签字的前一晚,郑毓秀被留法学生和华工推选为代表与陆徵祥谈判。而此时,陆徵祥已接到政府的示意,准备在合约上签字。郑毓秀急中生智,在花园里折了一根玫瑰枝,藏在衣袖里,顶住陆徵祥,声色俱厉地说:"你要签字,我这支枪可不会放过你。"最终陆徵祥没有去凡尔赛宫签字,维护了国家的尊严,也保住了中国政府收回山东的权利。郑毓秀以自己的实际行动证明了中国妇女的能力,有力地回应了社会上反对妇女参政的声音。

郑毓秀

到了五四运动后期,知识分子受到马克思主义思想的影响,主张通过变革社会制度、实现社会主义的方式来谋取男女平等参政权利的实现以及女性问题的根本解决,极大地冲击了"男尊女卑"的传统思想,在国人尤其是女性心中植入了"女性参政""经济独立"的思想种子,在客观上促进了女性地位的提高。

新中国成立以后,中国共产党和中国政府十分重视保证男女平等,首先从法律上保障女性拥有与男性同等权利,通过完善和执行各项法律法规,加大了对妇女权益的保障力度,1992年专门制定的《中华人民共和国妇女权益保护法》更是从立法的高度确认了妇女应有的法律地位。与此同时,思想获得解放的新女性们主动参与到社会生活的方方面面,已经成为社会政治经济发展的一支重要力量。改革开放以后,中国各方面的发展逐渐与国际接轨,妇女问题自然也不例外。自1975年开始,联合国妇女地位委员会开始召开世界妇女大会,以促进全世界妇女事业的发展。中国政府积极响应,

联合国第四次世界妇女大会纪念邮票

且成功争取到了第四届世界妇女大会的举办权,这既表明了中国促进男女平等、保障妇女权益的坚定决心,也显示了我国坚持加强国际交流合作,努力推进世界妇女事业发展的成果。新时期,中国女性发展事业实现了"四个基本",即促进女性发展、维护女性权益的法律法规体系基本形成;工作业务体系基本完善;组织机构体系基本健全;女性权益得到基本实现。这是对新文化运动时期女权精神的继承与发扬,也是中国当代发展的一个重要成果。

知识链接

女子参政同盟会

女子参政同盟会是辛亥革命时期的妇女政治团体。1912年4月8日在南京成立,由上海女子参政同志会、上海女子后援会、上海女子尚武会、金陵女子同盟会、湖南女国民会五团体联合组成。本部设于南京,在上海、长沙、武昌、苏州、杭州设有分会。参加者主要有唐群英、张汉英、林宗素、张昭汉、沈佩贞、吴木兰等。女子参政同盟会以争取妇女参政权为宗旨,要求男女平权,提高女子学识,从事政治、经济、文化等各种事业。1913年,在反对袁世凯的"二次革命"失败后解体。

世界妇女大会

妇女问题一直是联合国在社会和发展领域关注的重点之一。联合国成立以后,专门设立了一个妇女地位委员会,专门就有关妇女权利的紧迫问题进行研究,制定促进措施。1975年被联合国定为"国际妇女年",在这一年6月,第一次世界妇女大会在墨西哥城召开。1980年7月,第二次世界妇女大会在哥本哈根召开。1985年7月,第三次世界妇女大会在肯尼亚首都内罗毕召开,大会讨论并通过了《到2000年提高妇女地位内罗毕前瞻性战略》(简称《内罗毕战略》)。1992年3月,联合国妇女地位委员会第36次会议接受中国政府的邀请,决定第四次世界妇女大会在北京召开。会议的主题是"以行动谋求平等、发展与和平",次主题是"教育、健康和就业"。

从"多子多福"到"丁克家族"

"多子多福"是中国人自古以来就普遍认同的生育观念。早在商周时期,人们就对生育有着美好的祈盼。君王之家希冀"千禄百福,子孙千亿",平民百姓歌咏"椒聊之实,蕃衍盈升",都体现了古代社会对于人丁兴旺的追求。多子之福,一方面能够带来家庭生产力的提高,另一方面又维护了传统的孝悌观念。然而随着时代的进步,这种生育观念日益暴露出自身的缺陷,直至新文化运动发生时在那个思想革新的年代,先进知识分子终于开始正面思考传统生育观念的弊端所在。

古语谓"不孝有三,无后为大",儒家思想从"孝"的观念出发,认为繁衍子孙、传宗接代是行孝的基本要求。在古代,如果男女婚后一直无子,丈夫及其家族便可以休妻。《孔雀东南飞》讲述的就是这样一个悲剧。刘兰芝知书识礼,勤劳孝顺,却因婚后无子,受到焦母的指责,最终被迫离开丈夫,丈夫去世后殉情而亡。其实,传统的生育观念不仅带来了爱情悲剧,还给妇女带来无比沉重的身心痛苦。在崇尚早婚早育的传统社会,十几岁的女子从出嫁就开始了无休止的生育"事业"。通常是在第一个孩子还没断奶的时候,第二个孩子又即将出生了。在医疗条件并不完善的古代社会,妇女还要承受生产的危险,甚至是孩子早夭的痛苦。如此背负着身体和精神上的双重压力,妇女的生存状态可想而知。

邵力子

面对传统生育观带来的种种悲剧,先进知识分子开始提倡新的观念——节制生育。邵力子是我国著名的民主人士、政治活动家,也是最早提出通过避孕来控制人口数量的有识之士。1921年,邵力子在担任《民国日报》主编的时候就积极提倡节制生育,在自己主编的副刊上全文刊登了俄国于十月革命后颁布的《俄国婚姻律》,把节制生育与妇女解放问题结合在一起宣传。1922年,邵力子在向警予主编的《妇女评论》上发表了《生育节制释疑》一文,针对社会上对生育节制的误解和反对,邵力子纠正道:"生育节制,本非生育废止","实际上反使人口增加而且健康",而"生育节制的原理和方法,目的正大","尽可用科学的工夫去发明"。

邵力子之所以能率先提倡并多次呼吁生育节制,是因为他曾深切体会到频繁生育给妇女带来的痛苦和恐惧。邵力子的母亲在30岁时嫁给了他的父亲,当年生了一个孩子,两年之后又生了一个。经历了两次生产的痛苦,邵力子的母亲再也不想生育了。但当时并没有科学的避孕方法,于是从32岁那年起,母亲就与父亲分居,一直到十多后年绝经为止。而邵力子本人与他的前妻结婚后,每隔两年就生一个孩子。当他的前妻怀上第六个孩子时,她苦苦哀求邵力子想办法让她打胎。邵力子找遍当时各大医院,就是没有一个医生敢做这样的手术。

后来她想要以剧烈运动的方式减轻痛苦,就在怀孕期间快速奔跑,没想到最后竟然因流产而亡。母亲和妻子,应该是他生命中最亲近的两个女人,却都因为无法科学地避免生育而承受巨大的痛苦和危险,这对邵力子的影响是十分深刻的。所以他不遗余力地提倡节制生育,为万千妇女的解放作出自己的努力。

感受到节育重要性的,绝不仅仅是邵力子一个人,很多知识分子都在为此做着努力。1922年,应张竞生、胡适等人的邀请,美国节育运动的创始人——山格夫人来华活动,在北京大学发表了题为《生育节制的什么与怎样》的演讲,介绍了盛行于西方各国上层社会的"小家庭"制,提倡通过节制生育,用集中的物力教养少量的子女,以实现"人种改良"。这次演讲将西方生育节制理论直接引入中国,在中国的思想界引起强烈反响。

由于新的理论符合中国当时的国情需要,先进知识分子广泛支持,并以更加通俗的方式向大众解释理论的内涵与价值。比如陈望道曾表示,"产儿制限论"虽是一个新名词,这名词所表示的行为,却是一种旧行为"。他介绍了在民间流行的这种"旧行为","在妊娠之后限制生育,俗间共有两种方法:一,在分娩前执行的堕胎;二,在分娩后执行的杀婴"。按照陈望道所说的,在"产儿制限论"传入中国之前,民间就已经有控制生育的方式,主要有两种:一是在生产之前堕胎,二是在生产之后杀婴。但不管是哪种方式,都是极为残忍的,不仅夺走了婴儿的生命,而且可能危及母亲的生命。而"产儿制限论"则是主张通过科学的手段使女

山格夫人在中华妇女节制协会与众医师的合影

性免于怀孕,从根源上控制生育,既不需要夺走孩子的生命,也使妇女拥有了生育选择权,是一种明显优于"旧行为"的新举措。

当然,反对的声音也是存在的,但是历史并不会因此而停止前进的步伐。伴随着"产儿制限论"的传播,计划生育与性教育开始普及,避孕工具也开始引进,节制生育逐渐演变为公开的社会运动。各类杂志都开辟了"生育节制"的专号,一些节育研究团体也相继成立。在这种思潮的影响下,人们的生育观念得到一定程度的解放,节育宣传甚至登上新兴媒体。自1923年初,《申报》上开始经常出现避孕药品和节育器具的广告。到了30年代,甚至有杂志专门开设"医事卫生顾问"栏目,由专业医师公开回答读者关于节育的问题,产生了热烈的反响。

马寅初

新中国成立之后,国家也更加关注人口问题。1954年,邵力子出席全国人民代表大会一届一次会议,提倡大力传播有关避孕的医学理论,"从实际上指导并供给有关避孕的方法和物品"。邵力子的观点在提出之初,响应者寥寥无几,却得到经济学家马寅初的赞同。在邵力子的支持下,马寅初写出了《新人口论》,正式提出计划生育的主张,并在全国人大会议上发言、提案。虽然随着1958年反右扩大化,马寅初和邵力子都因为人口论受到了攻击甚至关押,但是他们并不灰心丧气,依然执著地宣传计划生育的好处。

终于,到了20世纪70年代末,基于对人口问题严重性的深刻认识,我国开始实施计划生育政策,通过提倡晚婚、晚育,少生、优生,有计划地控制人口,推动社会经济的迅速发展。这些变化离不开邵力子和马寅初的坚持不懈,更加离不开新文化运动期间先进知识分子对节育观念的大力提倡。

　　改革开放以来,中国社会发生了前所未有的变化,青年的生育观念也更加个性化,少生、优生、优育、不生的观念为大多数家庭所接受。其中,丁克家庭的出现强烈冲击了传统家庭以生育为主要目标的观念。丁克是英文 DINK 的音译,是 Double Income No Kids 的缩写,其意为"双收入,无子女"。选择丁克的人大多具有较高的文化素养,在追求个人幸福和自我价值实现的过程中,他们自愿选择不生育。这种现代生育观念的转变,是社会进步的体现,是人们对家庭功能的新解读。可以看出,现代人的追求更加多元化,家庭中,孩子不再是夫妻双方唯一的中心。是否生育,已经成为了每个家庭、每位女性的自由选择。

知识链接

《新人口论》

　　《新人口论》是马寅初于1955年根据在浙江、上海等地进行的人口调查和中国国情总结出来的科学成果。1957年4月,马寅初在北京大学饭厅就人口问题发表首次演讲,题为《控制人口与科学研究》。同年6月,马寅初将自己的演讲整理成文,作为一项提案,提交一届人大四次会议,并于1957年7月5日在《人民日报》上全文发表,这就是著名的《新人口论》。《新人口论》共十个部分:中国人口增殖太快;中国资金积累不够快;在两年前就主张控制人口;马尔萨斯的人口理论的错误及其破产;人口理论在立场上和马尔萨斯是不同的;不但要积累资金,而且要加快积累资金;从工业原料方面看亦非控制人口不可;为促进科学研究亦非控制人口不可;就粮食而论,亦非控制人口不可;几点建议。

新人口论

马尔萨斯主义

马尔萨斯人口论是19世纪英国经济学家马尔萨斯提出的。他认为，人类社会人口增长率高于生活资料的增长率，长此以往，生活资料终有无法满足人类需要的一天，因此他主张限制人口增加。他提出了两条建议，第一是通过晚婚、独身、节育等人为的方式降低生育率；第二是通过饥馑、灾荒、疾病等自然的因素提高死亡率。由于这种人口理论实行起来相当困难，而且会产生相应的社会病症，于是，基于同样的限制人口的目的，新马尔萨斯主义主张通过科学的方法积极预防两性结合产生的后果，即以避孕来限制人口增长。这两种关于人口问题的理论被统称为"马尔萨斯主义"。

从道德谴责到呼吁废娼

娼妓制度作为父权社会的产物,在中国产生很早,存在时间很长。相传春秋时期齐国管仲"设女闾三百",自此中国就有了公娼制度。这种制度把女性商品化,用以满足男性情欲。妓女,被当作男性发泄情欲的工具,几千年来一直受到人们道德的谴责。新文化运动时期,伴随女权运动声势的高涨,平等、科学等新思想的传入,知识分子意识到,对娼妓只是一味地停留在道德谴责层面,是不能改造社会的。由此,他们理性、深刻地思考娼妓制度,并呼吁废娼,从而掀起了中国历史上第一次群众性的废娼运动。

其实,在这场废娼运动之前,我国历史上有两个时期已经出现了废娼之举。一个是太平天国时期。在国宗提督军务韦俊和石凤魁两人领衔颁布的《诲谕官兵良民人等各宜革除污俗以归正道》之文告中,明令取缔娼妓。如有人违反条规,合家剿洗。这种家族株连的办法使得在太平天国占领的城市里,娼妓一度绝迹。但这种废娼手段是太平天国政权控制臣民将士、提高战斗力的一种权宜之策,具有浓厚的封建色彩和军事色彩。这决定了禁娼不可能是彻底的、长久的,女性也不可能获得主体意识的觉醒。另一个是辛亥革命时期。随着女权思想的传播,爱国志士认为这些妓女大多出自穷苦人家,被人逼迫卖淫,生活暗无天日,只能强颜欢笑,迎来送往。因此,他们为备受凌辱的娼妓呼救与叫冤。这时,资产阶级知识分子已经能从尊重女权的高度对娼妓进行审视与评判,但他们的呼声缺乏系统性和全面性,社会反响十分微弱。所以,这两个时期都没有使民众深刻、全面地关注这一中国社会躯体中的痼疾,废娼的呼声没有产生广泛的影响。

时间的车轮就这样走到新文化运动时期。这时期的娼妓业十分发达。在新思想的熏陶下,知识分子认识到,废除娼妓制度已经迫在眉睫。于是,他们突破了之前朴素的废娼思想与近代人权意义上的禁娼思想,详尽分析了废除娼妓的必要性,不仅把它作为女性解放的问题,而且还作为社会问题提了出来。

首先,他们指出,娼妓的存在悖于人道,为尊重人道,不可不废娼。自古以来,娼妓在人们眼里就是天生下贱的,始终被人唾骂。殊不知,她们往往也是为生活所迫,身不由己。她们有的出自贫民之家,因遭受天灾,无力维持生活,被卖入妓院;有的因父母欠债,无力偿还,便被作为抵押,偿还债务;有的因父兄或丈夫沉溺于吸毒、赌博而家道败落,被迫为妓。她们的生活愁苦、羞忿、卑屈、无奈。对于这种违背人道、人权的现象,李大钊就说过,如不绝对禁止,谈人道自由也只是自欺欺人。可见,

民国时期上海的妓女

新文化运动要想倡导自由,就要废娼。其次,他们认为,欲提高女性的地位,不可不废娼。娼妓制度就是把女子视为玩物,它极大丧失了妇女在社会上的尊严与人格,为男子轻侮妇女、玩弄妇女提供了条件。所以要想解放妇女,就必须废娼。另外,娼妓是性病传播之源,严重危及社会健康。那时,妓女往往活不过三十岁,出入妓院的那些男人,还有很多是军人,也大量被感染,造成军队战斗力大减。若不加以整治,定会导致国力减灭、人种败坏。所以,为尊重公共卫生,不可不废娼。最后,娼妓制度从表面上看,是女性堕落、男性享乐,但其实,这是对男女两性关系的破坏。娼妓的存在难免破坏家庭的和谐,严重扰乱社会秩序。为促进家庭幸福、淳正社会风化,不可不废娼。

从这些不得不废娼的理由中我们可以看到,当时的知识分子不再自视清高而对娼妓大加谴责抑或不屑一顾,而是怀着人道主义精神,设身处地地感受她们所受的折磨与苦痛。同时,他们围绕人权、公共卫生、社会风气等方面较为系统、深刻地论说,清扫男性社会的"卖淫社会必要论"的陈腐观念,也让人们纷纷感叹,娼妓制度"影响于社会者,为害尤大,真有如洪水猛兽之不可响迩者",由此人们纷纷力主废娼。比如,一些妇女组织就提出了要提高女性人格、废除娼妓、不准收花捐的要求;上海泰东书局《新人》月刊第 2 卷第 2 号也作为"上海淫业问题号"专刊,列举大量翔实的资料披露了当时上海娼妓的状况;一些民众也怀着社会责任感强烈要求关闭妓院。在社会舆论的强大压力下,1920 年上海道德促进会提议废娼案,工部局成立临时纠风委员会,决定加强对妓业的管理,制定了《娼妓领照章程》,命令各妓院捐领执照,严格按执照营

民国时期娼妓营业执照

业,同时决定采用抽签的方式逐步缩减妓院的数目。总之,政府和社会为废除娼妓作出了种种努力。

然而,这一系列措施并未取得预期效果。《新人》月刊对上海娼妓业状况的详细披露,反而使妓业广而告之,充当了广告的作用;对妓业的种种限制反倒给了公安警察以可乘之机,他们往往借巡查之便进行敲诈勒索;通过抽签被禁的妓院也只是改头换面,继续营业。这些措施实施的结果是娼妓数量有增无减,她们行为更为隐蔽,而且承受的经济负担愈益沉重。这一切说明,运用对待一般社会问题的方法来对待娼妓问题是行不通的。

面对这样的形势,知识分子对娼妓问题又开始探索。他们逐渐认识到,对于娼妓问题,仅凭人道的觉悟和拯救的热情,仅从道德立论而不从制度着手,是不能从根本上解决娼妓问题的。对此,李三无说:"我们要晓得社会上为什么有娼妓?为什么好好的人不做,要去做那卖笑生涯?这一点根由不明白,便永无完美解决的日子。"他意识到探明娼妓现象产生的根源,从经济生活和社会制度上找寻其存在的根据,是解决娼妓问题的前提。

那么娼妓现象产生的根源究竟是什么呢?经过思索,李三无等知识分子认为,娼妓是土地私有制和资本主义经济社会盛兴下分配不公允的结果。分配不公,无产阶级毫无所得,尤其是对女性而言,不想活活饿死,就只能走上为娼之途。虽然囿于时代原因,他们不曾想到娼妓现象本身不只是资本主义的产物,而是一切阶级社会的必然伴生物,便将娼妓的产生与资本主义制度直接联系了起来,是有局限的。但此时的他们不再浮于娼妓表面现象而就事论事,而是从制度角度去考虑,这纠正了将娼妓视为堕落无耻之流的观点,使道德的谴责转向了对社会的批判。比如,此时周作人说:"禁娼前途之障碍物,当然不在那些无耻的妇女,而在于有耻的资本家们了;或者我们不归罪于个人,可以说在于现在的经济制度。"再比如,李三无说,要想彻底铲除娼妓,"非先从现在土地私有制和资本主义的经济社会着手实行改造不可","竭力主张想个方法完全从事于社会的改造,却把娼妓的绝灭,看作社会改造当然的结果"。由此,在马克思主义的指引下,中国向社会主义进军。

但是,众所周知,对社会制度的改造有一个艰难漫长的过程,通过建立社会主义制度来根本解除娼妓问题只是长远规划。为了使这一问题在目前得到有效控制,他们还制订出了一些近期目标。比如,他们呼吁禁止人身买卖。贫苦人家卖女抵债,黑心人贩子拐卖良家女子,迫于生计的女子卖身维生,她们是娼妓的主要来源,若能以法律的形式取缔人身买卖,将从源头上堵住娼妓的产生。他们还提出,政府须定于某个时候,以废娼法令公布全国。自首都及各大都会,均分三期或四期,用抽签法逐渐废止等。这些都是废娼的权宜之计,虽不能根本解决娼妓问题,但若真正贯彻执行,在一定程度上也必定能抑制妓业的发展,减少妓女数量,降低社会危害。

虽然新文化运动时期废除娼妓的思考并没能撼动娼妓制度,但它在中国思想史上具有重大的意义。它改变了人们贱视娼妓的观念,把对娼妓的道德谴责转向对社会制度的批判,要求废除实行了几千年的娼妓制度,恢复女性的权利、尊严与自由。这些思想对如今社会也具有启迪意义。如今,在个别地方依旧存在"笑贫不笑娼"的情况。2014年2月,在东莞进行的大规模扫黄也引起社会上一片热议。如今,面对卖淫行为,仅仅依靠法律制裁是

民国时期北京妓院门口

远远不够的,而更应通过迅速发展社会生产力,全面建设小康社会,普遍提高全体人民的物质文化生活水平,实现人的全面发展,特别是提高妇女地位、妇女道德水准和整个社会道德水准的办法来加以解决。治理如今的问题,新文化运动时期的思想依旧可以为我们提供借鉴。

知识链接

《废娼问题》

《废娼问题》作者李大钊,为呼吁废娼所作。1919年4月27日发表于《每周评论》第19号,署名为"常"。其中,李大钊提出了五大废娼理由:"为尊重人道不可不废娼""为尊重公共卫生不可不废娼""为保持妇女地位不可不废娼""为尊重恋爱生活不可不废娼""为保障法律上的人身自由不可不废娼"。《废娼问题》成为当时废娼思想的代表之作。

花　捐

花捐是对娼妓卖淫收入课征的一种捐税。据史料记载,对卖淫征收捐税始于春秋时期的齐国,"管子治齐,置女闾七百,征其夜合之资,以充国用"。以后各朝各代大都向娼妓征税,时代不同、地方不同,名称各异。民国时期各地名称有:花捐、妓捐、乐女捐、妓女营业捐、妓女营业牌照捐等。最普遍的是妓捐和乐户捐。妓捐征于妓女,乐户捐则向妓院老板征收。

妇女解放 从经济独立开始

"夫为妻纲"等封建思想犹如镣铐,紧紧地把旧社会妇女捆绑在家庭之中,"唯酒食之仪,成丝麻布帛"几乎成为她们日常劳动的全部内容。几千年来,没有经济来源的妇女为夫所养,毫无独立人格可言。新文化运动兴起,知识分子意识到,"没有经济权和经济能力而要作女子运动,实是舍弃了本源",要想实现妇女解放,必须首先打破妇女被豢养的状态,唤醒她们自食其力的意识,只有这样才能实现意志上的独立。可以说,经济独立,是妇女解放的第一步。

于是,知识分子积极发声,希望女性大胆走向"外面的世界",自给自足。但是,这千年镣铐束缚女性太久,要想从麻木中唤醒她们,就必须要让女性认识到经济独立的重要性。为此,知识分子以《新青年》为阵地进行集中探讨,特别是对"娜拉出走后"的延展思考,对促进女性经济独立意义非凡。

娜拉是易卜生戏剧《玩偶之家》中的角色。曾经的她,爱她的丈夫,爱她的家庭,但慢慢地她发现,自己在丈夫眼里只不过是个玩偶。于是,她向丈夫严正地宣称:"我是一个人,跟你一样的人,至少我要学做一个人。"然后坚定地摔门而出。娜拉那重重的摔门声就如同春雷震动中国女性的心扉。很多女性学习娜拉也立即踏上出走的征途。但是娜拉出走后的生活将如何呢?戏剧到此为止,易卜生没有给出答案。但是鲁迅在《娜拉走后怎样》的著名演讲中说,她的结局无非两种,要么堕落,要么回来。的确,产生了解放的觉悟,走出了封建专制的家庭,是值得被肯定的,但是到了社会,没有适应这觉悟的能力,女性还是得不到解放。正如鲁迅所说,娜拉"除了觉醒的心以外,还带了什么去?倘只有一条像诸君一样的紫红的绒绳的围巾,那可是无论宽到二尺或三尺,也完全是不中用。她还须更富有,提包里有准备,直白地说,就是要有钱。就是经济,是最要紧的了"。鲁迅清醒地传达了一个现实的讯息:"出走"不能解放,拥有独立的经济能力至关重要。

资产阶级革命家胡汉民曾谈及广东顺德的女子的事例,这恰好是一个很好的例证。广东顺德的女子,是成功的"娜拉",她们走出家庭,替人打工,由此得到一定由自己支配的工钱,能够靠自己在社会上生存。她们还联合起来,抵抗封建的婚姻。她们中有的人到了结婚年龄不出嫁,有的人虽然抗婚不成被迫出嫁,但三日回门到娘家后,终身不再返回婆家。顺德女子反抗的成功,正在于她们有了工作,能够自食其力,离开丈夫、父亲后能够独立生活,具备了挣脱封建礼教、争取自身解放的实际"能力"。

除了鲁迅和胡汉民,还有很多倡导者也积极发声,对女性经济独立的重要性大加强调。比如,胡适把"生计问题"列为女子问题的中心,沈钧儒也认为妇女经济独立是种种问题的根本。还有些人认为妇女经济独立是救国家救社会的好方法。《平民》中就说道:"现在的女子最要紧的是生计问题,叫全国大小的女子个个都有自活的能力,这个不但增长女子的幸福,实在可以促进社会的进化。"陈问涛也从唯物史观的角度指出:"一切精神的变动,都是由于物质变动……所以妇女问题虽然多,倘使不能妇女经济问题解决,其他什么'社交公开'、'婚姻自主'等等,皆是空谈了!"

在五四知识分子的大力宣传之下,更多的女性被唤醒,认识到了经济独立的重要性。1921年8月,上海中华女界联合会在《改造宣言及章程》中就提出社会上一切职业都要允许女子加入的要求。《妇女声》在宣言中也写道:"'取得自由社会的生存权和劳动权',这是本刊第一次和读者见面时,慎重声明的,我们的标语!"这都是女性从心底发出的呐喊。

五四知识分子深知,仅有"呐喊"营造的舆论是不行的,要想实现妇女经济独立,还要探索出可行的具体措施。由此,他们呼吁开设女子工业社,成立工读互助团,打破贞操观念等。为了使这些思考落实下来,很多女性纷纷投入到实践当中。杭州袁民芳女士就是其中一位。她用私蓄创办了贫民习艺所,希望通过提高女性的工作能力来实现经济的独立。但不幸的是,因经费短缺,她四处请求资助无果,在绝望中愤而自杀。袁民芳的"献身"让我们深切地感受到,女性对实现经济独立是多么的渴求!就在这样热烈的渴求下,女性终于一步步地觉醒,开始兴办实业,掀起了女性自辟职业道路的运动。

1920年秋,北京女界陈丽华、赵君默、王令仪等九人集资50万元,发起筹备中国女子商业储蓄银行的行动。她们几乎包揽了全部业务,

北京女子工读互助团在劳动

股东也几乎全是女子。9月18日银行正式成立,设有商业部、储蓄部,10月23日开始营业时,即有30多万元存款。此举开女子从事商业活动之先河。在其影响下,1923年冬,严叔和、谭惠然也创设上海女子商业储蓄银行。因经营很有方略,不久就自建新屋,扩张营业,至30年代中期,业务一直蒸蒸日上。这两所银行的成功创办让人们看到了女性的工作能力,这也鼓舞了更多的女性投入到工作中来。北京女界朱其慧、赵世德等人有感于平民女子失业的严重态势,发起女子平民工厂,收容贫苦的妇女教以染织缝纫的方法,制造各种布匹地毯,同时也教她们读书识字,希望她们学成之后也可以自食其力;天津女界为促成女子商业发展,创立女子华贞商业所,从创办者至经营者全系女子,此为北方七省之首创;天津几位毕业于师范的女青年,也共同集资创办了一家竞业商店,经营杂货……虽然这些女性创办的实业有一些因资本不足等问题倒闭了,但是从女性自辟职业的过程中,人们看到了她们力求解放的决心和表现出来的工作才能,这使得人们对妇女从事社会工作的看法逐渐改变,更多的行业愿意打开大门,接纳女性。

1921年春,广三铁路首开企业录用女职员之先例。他们采用考试的方法录取具有高小以上文化程度的40名女子,分别担任售票、售货、收票、书记、购料、稽核等工作。日工作量6小时,每月除例假、周

上海女子商业储蓄银行25周年纪念照片

日外另有2天事假,工资每月18至50元,与男职工相同。在此之后,为女性提供岗位的新风更是不断吹到全国各个行业。上海国民银行储蓄银行、上海美丰银行、上海银行等先后任用女会计、女书记,月薪数十元至数百元;北京新民储蓄银行,招收具有中学程度,并通晓银行簿记的3名女职员和1名女练习生,设立妇女储蓄部;上海沪南、闸北两个电话局落实了交通部的决议,传接电话改用女子充任……女子职业范围的扩展,为女性自食其力提供了更多的可能。在妇女解放的路上,有了经济做保障,女性终于能够靠劳动生存下去,并实现自己的人生价值。

百年之后,我们再回顾这场女性经济独立思潮,依旧可以看到它具有的现实意义。随着经济转型和社会分工的发展,女性不断实现着自身的解放,在当今社会生产中发挥着越来越重要的作用。在2014年亚太经合组织"妇女与经济论坛"期间,三百余位政界、工商界和学术界代表围绕"凝聚女性力量,繁荣亚太经济"这一主题,并就"妇女与绿色发展""妇女与区域经贸合作",以及"政策支持与妇女经济赋权"三个议题坦诚交流。从中我们可以看到,女性摆脱了封建思想的束缚,走出家庭的拘囿,怀着新时代自由、独立的精神走向了更广阔的天地。在国际舞台上,在参与经济发展进程中,她们尽显女性风采。因此,我们有充分的理由相信,女性会在自我解放的路上,不断成为推动经济发展的不可忽视的力量。

知识链接

国际妇女劳动节

19世纪末,随着工人运动不断发展,觉悟了的女性摈弃长期以来的陈腐观念,高举起争取自由、平等权利的旗帜。国际民主妇女联合会书记处书记克拉拉·蔡特金早在1889年"第二国际"成立大会上,就曾代表劳动妇女发出了有史以来第一次要求平等权利的呼声,开创了争取妇女解放的国际妇女运动的先河。1911年的3月8日,第一个国际劳动妇女节举办。中国是从1922年开始纪念这个节日的,中国妇女第一次群众性的纪念活动是1924年在广州举行的。1949年12月,中央人民政府政务院规定每年的3月8日为妇女节。为唤醒国际社会对女性问题的关注意识,1977年,联大正式决定把3月8日作为"联合国妇女权益日和国际和平日"。

尊重女性 从平等继承权开始

在封建社会,女儿被认为是"泼出去的水",只有男子才能继承家产。1919年8月"李超事件"的发生,让人们认识到,要想使女性得到尊重,就一定要破除腐朽的思想,实行继承权平等。

"李超事件"的来龙去脉是这样的:李超是北京女子高等师范学校的学生,因家中无子,其父母在世时过继其堂兄继承香火。父母去世之后,她的兄嫂为了继承家中的全部财产,逼迫李超嫁人。因李超不想嫁人而想继续求学,她的继兄就断绝了她的一切经济来源,并不准亲属对她有所资助。最终,李超积愤成疾,没钱医治,凄惨死去。死前李超曾悲愤地发出"此乃先人遗产,兄弟辈既可随意支用,妹读书求学乃理正言顺之事,反谓多余,揆之情理,岂得谓平耶"的无奈控诉。

李超的遭遇其实是女子在不平等的财产继承制度下的缩影。《大清律例》就明确规定,父亲的财产由诸子分配,女儿无权继承;在没有亲生儿子(包括奸生子)时,立同族昭穆相当之人为嗣子,财产归嗣子继承;只有在无子、同宗也无应继之人即"户绝"的情况下,女儿才享有继承权。女儿继承的序位排在诸子、奸生子、嗣子之后,实际上几乎失去了继承财产的可能。在这样的制度下,有多少如李超般成为牺牲品的女子就可想而知。因此,"李超事件"不再仅仅关乎个人,而迅速成为一场公共事件。1919年11月30日,北京学界一千多人为李超举行了隆重的悼念会。在会上,蔡元培、胡适、陈独秀等众多知识分子发表演讲,陈独秀就指出,李超之死"乃社会制度压迫之而死耳",严厉抨击男女不平等的财产继承制度。胡适还散发了他为李超撰写的长约7000字的《李超传》文章,希望通过立传唤醒社会各界对男女平等继承权的关注和讨论。

这些演说在《晨报》上刊登后,为女性争夺财产继承权的战斗吹响了冲锋的号角,引起思想界更为深刻的思考。1920年1月,陈独秀发表了《男系制与继承制》,文中指出,自父权制确立以来,男子就成为遗产的专享者,随着封建宗法观念和家族观念的完善和发达,嫡长子继承权逐渐确立。正因如此,李超虽是父母的嫡系女儿,也不能承继遗产。李超之死,正是父权制这一旧遗产承袭制度剥夺女子遗产继承权的结果。韩淑瑾在《有后问题》一文中,专门抨击了中国传统的传宗接代观。在旧社会,没有儿子就不算有后。因此,倘若没有儿子,人们"定要讨别人的儿子当作自己的儿子",也不会考虑"与自己血统有关系没有","比较自己生的女儿好些不"。在文中她还举奉天女子师范学校学生希贞三姊妹险些被想要霸占财产的过继的弟弟毒死的事实,向人们呼吁破除旧观念。程俊英则在《中国法律上女子地位底研究》一文中,从法律角度全面揭露了中国女子在继承权上的不平等地位,主张坚决地改革法律,并发出要女界合力共作、共同奋斗的呼喊。

在这些先进知识分子针砭时弊、切中肯綮的言论的影响下,女性的思想认识不断提高,对平等继承权的渴望也愈发强烈,她们逐渐团结起来,鼓起勇气为维护自己的权利作斗争。女性社团就成功扮演了急先锋的角色。1921年,"湖南女界联合会"成立。该会以争取人权平等为宗旨,向省制宪委员会提出六项要求,其中一条就是"女子须有承受遗产保管权"。同时,该会还以《大公报》为阵地,大造舆论声势,还组织两千余人包围审议会的会议厅示威游行,迫使省制宪委员会通过了女界关于"人民私有财产得自由分配于其子、女或社会公共事业,不受何种限制"的提案。1922年,"女权参政协进会""女权运动同盟会"等也纷纷成立,要求打破以男嗣为限的财产继承权,要求男女平等。

在女性争权运动如火如荼地开展之际,有些男性也用自己的行动表达了对女子拥有财产继承权的尊重和支持。毛泽东在向湖南省制宪委员会提出的应加上的三项条文中第一项就是人民不分男女,均有承受其亲属遗产之权,并认为如果女子没有财产,解决教育、参政、婚姻等问题也是妄谈。北京大学教授张竞生用文章立下凭据:"今从我本身起,即日宣誓对于自己女孩与男孩,若有家产一律平分,这篇文就是给我女儿最好的凭据。极愿许多父母即日起来同我表示一样的主张。"他以身作则,实在难能可贵。

在先进知识分子的通力合作之下,思想中的衰朽之气不断被平等之风涤荡。1926年国民党第二次全国代表大会通过《妇女运动决议案》,明确赋予女子财产继承权,并通令隶属于国民政府的各省以此为审判原则。于是"各地女子起来向法院告争继产的,不知至有多少"。第一件就是哄传全国的"盛氏案"。

盛宣怀是晚清著名的实业家,于1916年去世。1920年其亲族在宗族会议上决定,把他的遗产分为两半,一半用于建设愚斋义庄,另一半

盛宣怀

作为可继承遗产,在儿孙共五房之间均分。因为当时女子没有继承权利,也没有法律予以关照,因此,对于这样的分配方案,女儿是没有异议的。时至1927年,江苏国民革命政府在反土豪劣绅的运动中,命令盛家上交部分义庄财产充作军需,盛家照办了,并趁机解散了义庄。1928年,得到国民政府的允许,盛家可以将上交军需后剩余的义庄资本共计白银350万两收归己有。于是,盛家将这些银两在儿孙五房之间继续均分。但此时,女子的继承权利得到了法律的保护,盛宣怀的第七女盛爱颐认为,这次的均分违背了1926年《妇女运动决议案》的规定,因此,向上海租界临时法院提起诉讼,要求350万两白银在分配时,除了侄子和兄弟等五房,她和妹妹也应各得一份。

盛爱颐

经过全面周详的考虑,法院认为应该根据现行的法律做出裁决,即盛爱颐同他的兄弟和侄子拥有同样的继承权利。1928年9月21日,法院判决原告胜诉,盛爱颐分得了50万两白银的财产。随后,盛爱颐的妹妹盛方颐也向法院起诉要求获得七分之一的义庄财产,最终,法院判决盛方颐胜诉,盛家女儿通过法律途径成功地维护了自己的继承权利。作为民国第一宗男女平权继承案,它为女子争取继承权确立了具有纪念性的典范。伴随着这场"盛氏案",相关法律也不断完善。终于,1929年,政府出台了新《民法》,删除了对女子继承财产的任何限制,明文规定男女享有同等的财产继承权。至此,从五四时期至20年代末的这场持续了十多年的斗争胜利告终。

男女拥有平等的继承权,宛如"一声晴天的霹雳竟震破了四千年陈腐的空气"。得益于这场"亘古未有之大改革",至今,女子的财产继承权仍被法律切实地保护着。《中华人民共和国继承法》第九条规定"继承权男女平等",确立了在遗产继承方面的基本原则。《中华人民共和国妇女权益保障法》第三十四条第一款规定:"妇女享有的与男子平等的财产继承权受法律保护。在同一顺序法定继承人中,不得歧视妇女。"法律的落实和完善让女性在继承财产时有法可依,为她们捍卫自己的权利提供了保障。总之,百年前知识分子破除腐朽思想,实现男女继承权平等,不仅保护了女性的经济权益,也为女性赢得了尊重,影响深远。

知识链接

《李超传》

1919年12月1日,胡适在《新潮》2卷2号上发表了《李超传》。文中刻画了一个背叛封建家庭,外出求学,但却受到旧家庭经济、伦理等多重压迫,最后含恨病死的20世纪中国失败的"娜拉"形象。胡适谈到他之所以要为"这一个素不相识的可怜女子作传",是因为"她的一生遭遇可以用做无量数中国女子以写照,可以用做中国家庭制度的研究资料,可以用做研究中国女子问题的起点,可以算做中国女权史上的一个重要牺牲者"。在文中他提出了家长族长的专制、女子教育、女子承袭财产的权利、有女不为有后这四个值得人们去注意的问题,在当时产生了很大的积极作用。

《中华人民共和国妇女权益保障法》

该法是我国第一部以妇女为主体、全面保护妇女合法权益的基本法。1992年4月3日由第七届全国人民代表大会第五次会议通过,自1992年10月1日起施行。在人身权利、财产权益、婚姻家庭权益等方面都作出了明文规定,对促进男女平等、禁止性别歧视等方面发挥了积极作用。2005年8月28日,全国人大通过了《全国人民代表大会常务委员会关于修改〈中华人民共和国妇女权益保障法〉的决定》,自2005年12月1日起施行。修改后的《妇女权益保障法》由原来的54条增加到61条,法律条文也更加完善,同时还将男女平等同之前的改革开放、计划生育等一样列入了基本国策。

爱情的定则

在中国悠久的爱情历史长河中,有"君当作磐石,妾当作蒲苇。蒲苇纫如丝,磐石无转移"的坚定,有"山无棱,江水为竭,冬雷震震,夏雨雪,天地合,乃敢与君绝"的忠贞,有"在天愿作比翼鸟,在地愿为连理枝。天长地久有时尽,此恨绵绵无绝期"的深情……但这些古代的爱情观无一不与封建礼教紧紧相连。爱情在礼教的束缚下,艰难地生长着。新文化运动以后,随着民主、自由和平等等观念日渐深入人心,爱情不再是隐晦的话题,一场关于"爱情定则"的探讨震惊一时。

1923年,一条新闻引起了轩然大波:北京大学生物系主任谭熙鸿教授,在他的妻子陈纬君去世两个月后,与妻子的妹妹、比他小11岁的陈淑君结婚。而此前,陈淑君与广东的沈原培已有口头婚约。消息一出,谭、陈二人的婚事便遭到了社会舆论的责难。

谭熙鸿与陈淑君的爱情是"患难见真情"的极好佐证。当初姐姐陈纬君因产后身体虚弱,进入法国医院调养,不幸在医院染上猩红热而病逝。谭熙鸿因悲痛而病倒,他的妻妹陈淑君恰因广东发生陈炯明叛乱而转学北大,借居在其姐姐家里,帮助姐夫料理家中事务,同时照顾他和孩子们。二人日久生情,遂确定婚姻关系。此时,远在广东的沈原培听说了这件事后,立马奔赴北京,在报纸上发表文章,痛斥谭熙鸿无行、陈淑君负义。

正当谭、陈夫妇心灰意冷之时,1923年4月29日,20世纪二三十年代中国思想文化界的大师张竞生大胆地为他们站了出来,他在《晨报副刊》上发表文章《爱情的定则与陈淑君女士事的研究》。最引人注目的,莫过于张竞生在文章中提出的爱情的四项定则:第一,爱情是有条件的。这些条件包括感情、人格、状貌、才能、名誉、财产等,条件满足得越多,爱情

张竞生、胡益、山格夫人

也就越浓厚。第二,爱情是可比较的。爱情既是有条件的,所以就是可比较的东西。第三,爱情是可变迁的。因为有比较自然就有选择,有选择自然时时有希望善益求善的念头,所以爱情是变迁的,不是固定的。已经订婚的可以解约,已经结婚的也可以离婚。第四,夫妻为朋友的一种。夫妻之间的关系,也像朋友之间交好一样,只不过夫妻比密切的朋友更加密切,所以他们的爱情,也比浓厚的友情更加浓厚。

"爱情的定则"在如今看来不过是寻常之论,但在思想尚保守的20世纪20年代,却是一石激起千层浪,原本就已经哗然的社会,更呈现出一片惊涛骇浪之景。《晨报副刊》的编辑孙伏园意识到这是一个非常重大的话题,便及时开辟了一个专栏,组织关于"爱情定则"的探讨。他的本意是号召青年们摆脱封建礼教的束缚,建立起新的爱情婚姻观念,但万万没想到民众攻击的对象竟然是张竞生!

在众多反对声中，一篇几乎占了整版的文章引起了大家的注意，文章作者就是 25 岁的许广平。许广平在文章中首先强调爱情的高尚性，她认为人是进化的动物，不能像初级动物那样出于生理冲动，人类的爱情要受理智支配。在讨论"爱情的定则"时，许广平正饱受封建包办婚姻之苦，对于婚姻自由有着强烈的愿望，本应是最能够同情和理解陈淑君的，但是她却否定了张竞生的"爱情四定则"，对于谭、陈二人的结合更是秉持着坚决反对的态度。

鲁迅的观念则与许广平大不相同。就在《晨报副刊》同时刊登了三封来信要求停止关于"爱情定则"的讨论时，鲁迅亲自写信给孙伏园，建议讨论继续下去。"先前登过二十来篇文章，诚然是古怪的居多，和爱情定则的讨论无甚关系，但在另一方面，却可作参考，也有意外的价值"。鲁迅认为，反对者所说的讨论"足为中国人没有讨论的资格的佐证"，恰恰是这些文章的价值所在。从这封来信的字里行间可以感受到，鲁迅是迫切主张展开关于爱情的讨论的。而他对于张竞生的"爱情定则"的主张，基本上持赞成的态度。两年后，他在小说《伤逝》中，更提出"爱情必须时时更新，生长，创造"，在某种程度上验证了"爱情四定则"的合理性。

在讨论"爱情定则"的时候，鲁迅与许广平素昧平生，然而他们都饱经封建包办婚姻之苦，因此不约而同地关注起爱情问题。他们对爱情的看法之所以各有不同，是因为二人的出身、经历、学识乃至世界观、人生观都有所不同，意外地在这场讨论中提前"过招"，也算是一段缘分的开始。

因为这场讨论而结缘的还有另外一对情侣。1923 年，张竞生在《晨报副刊》上读到褚松雪的文章，文章的大意是她不接受包办婚姻，愤而脱离家庭关系，只身从浙江逃到江西，在一个偏远的县立女校担任校长。因为学生越来越多，她请人把菩萨塑像搬出庙堂，腾出庙堂充当教室。这在当地引起轩然大波。张竞生眼前一亮,立马提笔给褚松雪写信,赞赏她的行为。此后两人书信往来,十分投机。谈到婚姻问题时,褚松雪直截了当地表示不想结婚,她认为婚姻就像蜗牛的壳,是一种负累,但她愿意与一个志同道合的人过情人生活。而张竞生深受法国浪漫主义爱情观的影响,崇尚"情人制"。两人一拍即合,迅速坠入爱河。后来,在张竞生的帮助下,褚松雪考取了北京大学研究所国学门的研究生。

张竞生

很快二人开始同居,过着甜蜜浪漫的情人生活。可是没过多久,张竞生却向往起婚姻,年近四十的他,每隔十天半月就向褚松雪求一次婚。褚松雪抵挡不住他的穷追猛打,最终二人携手走进了婚姻的殿堂。婚后,他们夫唱妇随,共同参与社会活动,是别人眼中超凡脱俗、情投意合的新式夫妻。但故事的结局却不够完满,特立独行的褚松雪终究难以忍受平淡的婚姻生活,三年后两人便分开了。张竞生痛不欲生,却终究无力挽回。这位一直强调"爱情条件论"的爱情大师,在面对自己的爱情发生变故时照样无计可施。这也恰好说明,爱情无论是否真的有定则,都一定是微妙而不可言喻的。

这是中国历史上第一次关于爱情的公开探讨,虽然并未解答真正的爱情究竟应该如何的问题,但是经过讨论,爱情已不再是一种羞于启齿的儿女私情,而是能登上进步书刊的优美情感;婚姻也不再是传统观念下"合二姓之好,上以事宗庙,下以继后室"的简单结合,而是在自由和爱情基础上的一种追求。其实,爱情是否纯粹,是否符合五四期间讨论的一些定则,想必是因人而异的。但这份进行"爱情定则"争论的勇气、"思想较量"的执着,却是值得后人学习的。

如今,随着新媒体的不断发展,关于婚姻爱情的电视节目日益增多,网络上也不时地流传一些类似"宁愿坐在宝马车里哭,也不愿坐在自行车上笑"的爱情论点,这些都反映出当今部分女性爱情观念的再一次转变。如此的转变是否真正追寻着"爱情"的本质,当今的社会是否需要又一场"爱情定则"的探讨,都是我们需要继续思考的。

知识链接

《性史》

1925年,张竞生在报纸上刊登启事,公开征集个人关于性经历的自述。随后从数十篇来稿中选出《我的性经历》《初次的性交》《我之性生活》《春风初度玉门关》及《别有一番滋味在心头》等七篇,在前面作序,在每一篇后面加了按语,编成了《性史》第一集。1926年,由北京光华书局公开出版,这算是中国人最早的性学报告了。初版只印了1000册,却出现了万人争购的发行盛况,而后甚至出现了不少人冒用张竞生的名字出版《性史》第二集、第三集乃至到了十几集。但是在封建礼教依然森严的社会环境里,舆论界一片哗然,一时间传统封建道德的卫道士对张竞生口诛笔伐。《性史》出版后仅四个月,就在天津南开学校遭禁,即使是在号称最为开放的广州市,《性史》也遭到了猛烈的抨击,被斥为"淫书"。这些都是张竞生始料未及的,他征集个人介绍自己性经历的文章,原本是为了纯粹的学术研究,也得到了北京大学研究所国学门风俗调查会的同意,却不想因此而声名狼藉,他只好紧急通知光华书局不可重版,原本已经发稿的《性史》第二集赶紧撤稿,书局预付的一千大洋也如数退回。

婚姻自由的开端

在传统封建社会中,婚姻大多是为了"合二姓之好,上以事宗庙,而下以继后世",很难考虑到个人的感情需求。但相比之下,男子可以有三妻四妾,女子却只能嫁鸡随鸡、从一而终,女性的婚姻是听天由命式的"赌局",完全没有自由可言。新文化运动以后,伴随着思想观念的革新,先进知识分子终于敲开了婚姻自由的大门。

传统婚姻的缔结,是一个他主性的过程,当事人对自己的婚姻并没有发言权,更没有决定权。正所谓"父母之命,媒妁之言",只有经过父母同意、媒人说合的婚姻,才是合理合法的,否则就是私会、淫奔,要遭到家族的唾弃和惩罚。可见,一旦"父母之命"与"儿女私情"发生冲突,婚姻的悲剧便就此酿成。

在这种婚姻中,女性的地位更是低下。东汉历史学家班昭在《女诫》中曾提到"夫有再娶之义,妇无二适之文",丈夫有离婚和再娶的权利,而妻子只是丈夫的附属物,没有任何独立性。丈夫如果对妻子感到不满,就可以根据所谓"七出"之条抛弃她。所谓"七出"之条,是古代社会的离婚法则。"七出"分别是:不孝敬父母、没有子嗣、淫荡、妒忌、有严重的疾病、拨弄是非、偷盗。妻子符合这"七出"中的任何一个条件,丈夫都可以要求离婚。值得一提的是,离婚长期以来被称为"休妻"。可见,在婚姻不自由的封建社会,妇女更是处于不自由的底层。

伴随着新文化运动的开始,主张婚姻自由的人们终于迎来了一丝曙光。针对当时种种婚姻不自由的状况,先进知识分子进行了强烈的抗议。深受包办婚姻毒害的鲁迅首先发难,他于1919年在《新青年》6卷1号发表《随感录四十》。文中引用了一首题为《爱情》的诗,通过一位青年的亲身感受,形象地揭露了封建婚姻的弊病:"我和妻子是由父母包办而结婚的,虽然夫妻相处得还算和睦,但是总感觉自己和妻子像是两个牲口一样,听任摆布,始终不知道爱情是什么。"面对青年的苦恼,鲁迅深有感触地说:"爱情是什么东西?我也不知道。中国的男女大抵一对或一群——一男多女——的住着,不知道有谁知道。"他对于没有爱情的婚姻更是大加挞伐,认为这种封建婚姻制度不仅压抑了人性,更加造成了一系列社会问题。他指出:"然而无爱情结婚的恶结果,却连续不断地进行。形式上的夫妇,既然都全不相关,少的另去姘人宿娼,老的再来买妾;麻痹了良心,各有妙法。"

在这种反抗精神的鼓舞下,饱受婚姻包办之苦的女性首先开始了她们的抗争。1919年,湖南女子赵五贞被父母强迫嫁人,几次三番抗议都没有产生效果,最终在婚轿中自杀身亡。这样的悲

刊登于民国报纸上的新式情侣

剧时有发生,却不能阻止青年们对婚姻自由的追求。1922年6月3日,《大公报》报道了一位女子不满意家庭包办婚姻,主动写了一封信给未婚夫。信中这位女子毫不含糊地写道:"婚姻必要得双方男女的同意,以勉强撮合都是难过日子的。"幸运的是,她的未婚夫也是位受过新式教育的人,认为她说得很合理,同意与她解除婚约。1923年7月2日,《大公报》又刊载了一篇《力争自由》的文章,报道了一女学生极力反抗父亲为其包办的婚姻,甚至不惜牺牲自己的生命,父亲最终只得放弃了自己的想法。虽然这些反抗成功的例子还很少,但是在先驱们的引导下,传统的"父母之命,媒妁之言"在逐渐失去权威,婚姻自由的观念开始深入人心。

　　破旧是为了立新,五四时期的先驱们在铲除封建婚姻制度的同时,对婚姻自由的实现进行了探索。1919年10月,李达在《解放与改造》上发表了《女子解放论》,文中写道:"家庭中最大的幸福,在夫妇间有真挚的恋爱。夫妇间所守的道德,也只有恋爱。必定先有恋爱,方可结为夫妇,必定彼此永久恋爱,方可为永久的夫妇。"在他看来,婚姻自由的前提是恋爱自由。

　　然而自由恋爱并不一定能确保婚姻幸福。正如并不是每对恋人都能走进婚姻殿堂,也不是每对夫妻都能够白头偕老。因此,除了争取结婚自由以外,离婚自由也成为人们争取的权利之一。1923年4月25日,周作人在《晨报副刊》上发表《离婚与结婚》一文,他说:"离婚是男女关系上一种不幸而又不得已的分裂,不能象征礼教和习惯的破坏。我

《玩偶之家》剧照

想两性关系是世间最私的事情,自有其绝大的理由,无须再有堂皇的口实,正如结婚者不必借口于'为天地育英才,为祖宗延血脉'一般,离婚者也不必比附于革命的事业。"这些思想进一步影响了知识分子群体,1924年1月31日,时任暨南学校校长的赵正平与妻子周文洁在《申报》发表离婚声明,宣称二人结婚十几年,一直关系和睦,只是近来因为人生观有所不同,且妻子改信基督教,所以二人都觉得应该各自开始新生活,经过诚心协商,二人决定解除夫妻关系,转而以兄妹相待。

在当时那个思想沉闷的年代,对婚姻自由的宣扬给社会带来了活力,同时也不可避免地带来了一些问题。受离婚自由观念的鼓舞,一些婚姻不幸福的女性勇敢地选择离婚,但是由于她们的经济来源一直是丈夫提供的,离婚后她们的生活便陷入窘境。陈衡哲曾在《今日中国女子的责任》一文中表达了对这种新"弃妇"的怜惜:"可怜的旧式女子呵!她们既没有自立的能力,又没有重嫁的胆量;我所知道的弃妻中,有几位是四十多岁的人了,她们即愿再嫁,亦岂能得?于是她们就只得像秋天的黄叶一样,干枯憔悴,践踏由人了。"

可见,要实现离婚自由,首先要让女性具备独立生活的能力。上海锦江饭店的创始人董竹君,就是一个独立女性的典型。作为一名洋车夫的女儿,因家计艰难,她早年曾被迫沦为青楼卖唱女。后来结识了革命党人夏之时,与之结为伉俪,前往日本留学。夏之时受封建礼教影响,对妻子有着强烈的控制欲望,在生活观念和儿女教育方面也与妻子有着很大的分歧。分居五年后,1929年二人正式在上海签署离婚协议。离婚后的董竹君努力创造新生活,成为上海锦江饭店的女老板,成为独立女性的典范。

如今,伴随着经济的发展和妇女地位的提高,人们的婚姻观念发生了深刻变化,呈现出更加自由、开放和宽容的发展趋势。婚姻不再

新文化运动与百年中国

是为了履行责任的被迫行为,而是以满足情感需要为前提的一种自由选择,越来越多的人因为爱情而选择裸婚。所谓"裸婚",是指不买房、不买车、不办婚礼甚至不买婚戒,直接领证的一种结婚方式。由于现代人越来越强调婚姻的自由和独立,或者基于更加实际的经济问题,裸婚逐渐成为当代青年人最新潮的结婚方式。"我没车,没钱,没房,没钻戒,但我有一颗陪你到老的心",这样的求婚告白,不仅体现了爱情的忠贞与伟大,更加发扬了新文化运动先驱们所倡导的婚姻自由精神。回首历经艰辛的"婚姻自由"之路,我们更应该铭记那个特殊的时代,那个为打开思想大门而义无反顾的时代!

易卜生

知识链接

《女诫》

《女诫》是东汉班昭写作的一篇教导班家女性做人道理的私书,正文由七部分组成,即卑弱、夫妇、敬顺、妇行、专心、曲从、和叔妹七篇。完成后京城世家争相传抄,不久便风行全国各地。该书论述了女子在夫家需要处理好的"三大关系",即对丈夫的敬顺、对姑舅的曲从和对叔妹的和顺。书中认为,女性生来就不能与男性相提并论,妻子必须恭敬谨慎地服侍、顺从丈夫。在婚姻方面还强调"贞女不嫁二夫",丈夫可以再娶,妻子绝对不可以再嫁。甚至于对待男方的父母兄弟,都要逆来顺受,凡事多加忍耐,以谦顺为主。作者班昭,字惠班,又名姬,尤擅文采,是我国历史上第一个女历史学家,曾帮助哥哥班固完成了我国第一部纪传体断代史——《汉书》。

用科学精神看团圆观念

在新文化运动中,中国迎来了"赛先生",在它的指引下,广大知识分子怀着科学的精神,更新着头脑中的旧思想。团圆观念,作为民族传统的审美观念,也成为亟须重新审视的一部分。新文化先驱意识到,在团圆观念影响下,古典小说、戏曲最后的结局不论是金榜题名、洞房花烛,还是父子完聚、夫妻团圆;不论是有情人终成眷属,还是人物受挫后仙化、成神、梦圆、雪冤,都让人们沉睡在自己编织的美梦中,难以直面血淋淋的现实。在社会变革的历史关口,激醒人们的"团圆梦"势在必行。

在这样的背景下,1918年9月,胡适作《文学进化观念与戏剧改良》一文,评说了团圆观念,发出了唤醒"团圆梦"中人的呐喊。

首先,他就团圆观念的普遍性说道,"无论是小说,是戏剧,总是一个美满的团圆""有一两个例外的文学家,要想打破这种团圆的迷信……但是这种结束法是中国文人所不许的"。正如他所说,在团圆观念影响下,"大团圆"已经成为一种固有的模式,人们普遍不能接受故事以悲剧结尾。于是出现很多将前人作品的悲剧结局改造为团圆结局的作品。比如,将白居易的《琵琶行》、元人的《渔樵记》以及朱买臣弃妇、岳飞被秦桧害死等历史事实,均改造为夫妇团圆、封王团圆的故事。只有这样,人们才会拭去腮边的泪水,露出满意的微笑,心理需求才会得到满足。

　　无疑,这样的做法违背了客观的真实。那它的根源何在呢?胡适接着指出,这种做法的根源在于"中国人思想的薄弱",不敢面对现实。"做书的明知世上的真事都是不如意的居大部分,他明知世上的事不是颠倒是非,便是生离死别,他却偏要使'天下有情人都成了眷属',偏要说善恶分明,报应昭彰。他闭着眼睛不肯看天下的悲剧惨剧,不肯老老实实写天公的颠倒残酷,他只图说一个纸上的大快人心。这便是说谎的文学。"胡适还敏锐地指出,这样的谎言是绝对不能引人思量反省、彻底觉悟的。

　　为了医治说谎的"团圆文学",他引进了西方悲剧的观念和提倡写实的易卜生主义作为"绝妙圣药"。通过比较悲剧观念和团圆观念,他指出,具有西方悲剧观念,才能思虑深沉,意味深长,感人最深,发人猛省。后来,在《红楼梦考证》中,他也将眼光关注到悲剧观念并且大肆赞颂,对高鹗续写的黛玉病死、宝玉出家的悲剧结局表示敬佩,试图对西方悲剧观念予以宣扬。除此,他在1918年还作《易卜生主义》一文,向人们介绍了易卜生《娜拉》《群鬼》《人民公敌》等戏剧,希

朱自清《背影》分离场景

冀通过对"说老实话"的易卜生主义的介绍,让人们反思家庭和社会中的黑暗腐败,打破不能适应时代发展的团圆观念。

胡适的这些观点深刻而尖锐,在当时引起了很大的轰动。到了20世纪20年代中期,鲁迅承接胡适所言,洋溢着澎湃的战斗激情,更进一步地阐释了这种观念暴露出的国民性问题。

1924年,鲁迅在西安讲《中国小说的历史的变迁》时谈到《莺莺传》。在元稹所作的《莺莺传》中,本来是以张生抛弃莺莺为结尾,但在之后出现的众多"西厢戏",都是以两人团圆欢喜为结尾。这究竟是为什么呢?鲁迅对此感叹道:"这因为中国人底心理,是很喜欢团圆的,所以必至于如此,大概人生现实底缺陷,中国人也很知道,但不愿意说出来;因为一说出来,就要发生'怎样补救这缺点'的问题…… 所以凡是历史上不团圆的,在小说里往往给他团圆;没有报应的,给他报应,互相骗骗——这实在是关于国民性底问题。"在1925年《论睁开了眼看》中,他又进一步举例,比如"中国婚姻方法的缺陷,才子佳人小说家早就感到了",为了补救这缺陷,"明末的作家便闭上眼睛","说是才子及第,奉旨成婚……问题也就一点没有了。假使有之,也只在才子的能否中状元,而决不在婚姻制度的良否"。从中,我们可以感受到鲁迅令人仰止的思想是多么的犀利和透彻!他直指"瞒和骗"的国民劣根性,戳破了团圆观念背后"无解决,无改革,无反抗"的虚假美梦。他大声疾呼,要人们取下假面,去大胆地看待人生并且写出真实的血和肉来!

在胡适、鲁迅等知识分子狂风暴雨般的思想的洗礼下,更多的人将心灵沉淀下来,理性地看待身处的这个社会。他们书写着人间不可回避的离恨仇怨,书写着真实存在的幻灭彷徨,感受着时代的脉搏,还原了生活除去团圆美好外的悲伤的另一面。于是,悲剧作品纷纷出现。

1921年,郁达夫带着他的小说《沉沦》走上文坛。这篇作品展现了他在社会变革的风雨中的痛苦与伤疤。文中的那个男子就是当时社会众多知识分子的写照。他受到社会的虐待,飘荡在尘世,得不到关怀与尊重,只能成为"零余者",在边缘地带挣扎着。他不愿与黑暗势力同流合污,他们痛骂世道浇漓,或以种种变态行为以示反抗,但终究还是受到家庭和社会种种磨难的挤压,无力把握自己的命运。他

零余者图画

的"沉沦"就是可以预料的结局。文中每一个文字都是血泪的控诉,都是社会中悲哀的影子。朱自清也以一个儿子最真切的感动在《背影》中叙写了父子分离时的场景。那离别,不是一般的游子之情,而是流露着世事维艰的唏嘘慨叹。那背影浓缩的伤感,那月台上演的离别,都是人间寻常的景象。总之,不论是浪漫派还是写实派,他们都走出团圆观念营造的幻梦,更理性地看待社会中的点滴,还原出所处社会的真实模样。

除了怀着科学理性的精神反映社会,更难能可贵的是作家还打破了"瞒和骗",直面社会中的问题,"写出真实的血肉"。伴随着胡适宣传的易卜生主义,中国出现了"问题小说"的热潮。

问题小说,是典型的五四启蒙时代的产物,以诸如政治、道德、教育、婚姻、恋爱等社会问题为主要内容,它标志着中国现实主义新小说的开端。冰心、叶绍均、罗家伦等人紧贴现实,挖掘社会方方面面的问题,以此来引起人们的注意。比如1919年3月发表在《新潮》上的罗家伦的《是爱情还是苦痛》中,就深刻揭露了青年们在恋爱中面临的阻

碍与痛苦。有志青年程叔平,遇到了与他志趣相投、彼此爱慕的女子素瑛。就在两人情浓之时,他却从家信中得知父亲已为自己定下了钱家女儿为妻。他力争解除这桩父母之命的婚事,但其父以顾全诗礼之家的场面为由坚持不准。后来,程叔平的父亲生病去世,他不得不遵守父亲遗言娶了钱家女儿,以将死之心任凭摆布。小说结尾用程叔平断断续续、悲郁沉痛之声控诉:"这……这就是中国的家……家庭……"这篇小说的结尾不再是"光明的尾巴",而是痛苦无奈。

罗家伦

罗家伦打破了团圆观念虚幻的美好,揭露了封建礼教和家族制度的罪恶,为人们展现了当时社会青年的恋爱问题。他想用程叔平的结局唤醒青年去捍卫恋爱自由、婚姻自由的权利。如此,青年读后才会猛然发省,点燃斗争之心,才会在自己生活的故事中去争取真实的美好结局。

总之,在科学的新思潮下,新文化知识分子重新审视了团圆观念,使得人们渐渐地不再沉醉在自欺欺人、粉饰的美梦中,能从理性的高度彻底打破以往审美单一的团圆迷信,看到现实中存在的问题。只有这样,人们才能看到社会上暴露出的黑暗与腐朽并进行抨击与蔑弃,对生活中的问题与矛盾予以关注和解决。正因为他们的努力,现今我们才能用更好地心态去研究团圆理论,才能用清醒的状态去回顾曾经在这种模式下产生的各类作品。科学的思潮唤醒了耽于虚幻美好前景的人们,灌输以新的人生观与社会价值观,让人们更理性地看待现实中的问题,并怀着探索精神一一解决。今后,我们依旧要用科学精神武装头脑,更好地立足今朝。

| 知识链接 |

易卜生主义

"易卜生主义"是一种易卜生式的人道主义,充满审美的乌托邦伦理道德理想。在易卜生的戏剧创作过程中,无论是题材的选择、主题的表现、人物的塑造,还是细节的描绘,都凸显了积极的人道主义理想的光辉和强烈的社会批判锋芒。易卜生笔下一些重要的人物形象的独白和对话,实际上是剧作家审美心理的自他呈现或自他描述,体现了"自由农民之子"的精神特性(激进性、开创性和独立性)以及时代要求。

用科学精神看"常识意识"

所谓"常识",是指心智健全的成年人在社会上生存所应具备的基本知识,而常识意识则是人们根据常识作出判断的一种思维倾向。在新文化运动新思潮的影响下,人们的常识得到了更新,常识意识也在悄然变化着。那些曾经被人们视为"天理"的传统伦理、风俗习惯都被动摇。

新文化运动中的有识之士在批判、否定传统文化伦理时,最常用的词是"常识"。1916年,康有为在《时报》发表《致总统总理书》,要求以"孔教为大教,编入宪法,复祀孔子之跪拜",提倡恢复儒家的纲常伦理秩序,将孔教写入宪法。对此,陈独秀指责他"强词夺理,率肤浅无常识",并指出这尤其体现在康有为主张沿袭古人没有常识的套语,比如以《春秋》经义为审判案件的方

康有为

法,用《诗经》中的语言写作谏书,以《易经》连通阴阳,以半部《论语》治理天下,等等。

　　知识分子致力于批判封建伦理这类旧常识,同时更加关注以此类旧常识指引方向的常识意识。例如春秋时期孟子所提倡的"人性之善也,犹水之就下也",这种观点用水顺势流下的自然现象比拟人的天性善良。而胡适15岁的时候就利用科学知识来批评这一道德"常识",他说孟子不懂科学,"不知道水有保持水平的道理,又不知道地心吸力的道理","水无上无下,却又可上可下,正像人性本无善无恶,却又可善可恶"。本来水往低处流是一种纯自然的现象,与人心向善的道德判断并没有关系。孟子将二者联系起来,虽然只是一个比喻,却反映出封建社会以常识作为事件合理性的判断依据。其实,在新一代知识分子心中,用常识来判别伦理价值是否正确的基本结构并无改变,但常识的内容却变了,更新后的现代常识开始重新评价那个原先建立在封建常识基础上的道德哲学是否合理。

　　更新常识意识,首先需要以科学为武装思想的工具。陈独秀在《敬告青年》一文中,将"科学的而非想象的"作为新青年的"六义"之一。所谓"科学",是我们对于事物的正确认识,是主观理性与客观现象的统一。所谓"想象",则是既超脱客观现象,又抛开主观理性,没有经过实际调查的凭空臆构。"凡此无常识之思维,无理由之信仰,欲根治之,厥惟科学"。他认为,科学是更新常识意识的根本途径,以科学说明真理,事事都需要证实,虽然进行得比较缓慢,但是每一步都很踏实,可以避免凭空想象带来的荒唐可笑。陈独秀的随感录中,记录了北方发生的一次虫害。西医曾经运用科学实验的方法,培养这种细菌,证明它的生活习性是喜欢寒冷畏惧炎热的。没有常识经验的中医却把这种虫害凭空想象成北方热症,并把病因归结到北方使用火炉火炕上,不相信有细菌传染的可能性,妄自开出药方。而北京的各大报刊竟然都在刊载中医的这种说法,真是令人惊骇!所以陈独秀得出结论:国人最大的缺点,在于没有常识,而新闻记者作为国民之导师,竟然也如此没有常识,实在是国家的悲哀!

任鸿隽

因此,先驱们高举"科学"的大旗,在社会上掀起了一场科学启蒙与科学普及的浪潮。例如被誉为人民教育家的陶行知,他提出了"把科学下嫁给儿童、下嫁给大众"的口号,并且身体力行地邀请科学家一起组织科普活动,创办自然科学园,主编《儿童科学丛书》,向人民大众普及科学知识。被誉为中国近代科普开拓者的任鸿隽,则参与创办了中国第一个科学团体——中国科学社和中国第一本综合性的科学杂志——《科学》。《科学》杂志于1915年在上海问世,它的办刊宗旨是"科学之有造于物质、有造于人生、有造于知识、有助于间接提高道德水平"。可见,先进知识分子已经意识到,新的科学常识自然观不仅有利于物质社会的发展,有利于人生素养的提高,有利于先进知识的获取,更在深层次上对新道德的养成有建构作用。作为一本并非专业学报性质的杂志,它力图囊括自然科学的各个领域,正是为了普及科学知识,打破人们固有的常识观念,进而培养科学的态度。

同样为民国科普事业作出巨大贡献的杜亚泉,更是从思想上阐明了科学在未来社会发展中的重要地位。杜亚泉出生于清朝末年,自幼勤读经书,16岁就在家乡考中秀才。然而,甲午中日战争的失败让他痛心失望,屈辱条约的签订更是让他清醒地认识到,追求科举之道是徒劳无功的,即使皓首穷经也丝毫改变不了国家的命运。于是他毅然决然地放弃科举,转而研习现代科学。他创办了中国近代第一所私立大学,主编了中国近代第一部专业辞典,在刊行科学书籍、培养科技人才方面作出了独一无二的贡献。在《未来之时局》一文中,他预言国家在民主主义社会的末期,"社会中发生一有力阶级,即有科学的素养而任劳动之业务者"。在《中国之新生命》一文中,他又预言,中国的新势力在于那些"储备其知识能力,从事于社会事业"的人。这就是说,社会需要具备科学常识的劳动者,他们是中国的新生力量,是努力掌握科学知识、潜心社会事业的最年轻一代。

杜亚泉

在日益普及的科学精神的指导下,先驱们也对贯彻常识意识提出了具体要求。胡适在《归国杂感》中指出:"列位办学堂……须先问这块地方最需要的什么。譬如我们这里最需要的是农家常识、蚕桑常识、商业常识、卫生常识,列位却把修身教科书去教他们做圣贤。"可见,科学的常识分为不同的门类,而科学的常识意识也应该是因地制宜、因时而定的。

然而常识理性的更新必然需要一个漫长的过程。在原有常识构成的稳定的世界中,合理的科学常识往往并不被认可,只有常识、常理的内容发生改变之后,那些与原有常识理性相符的道德观念和生活方式才会变成反常的、不道德的。正如鲁迅在《狂人日记》中塑造的那个患有被迫害妄想症的"疯子"。作为一位在城市受过现代教育的新知识分子,他跟家乡的旧式大家庭格格不入。在这样的旧式大家庭中,子女对于父母的传统孝道是一种理所应尽的义务,甚至超越了自然情感(常情)的存在,而用人肉做药引在新知识分子眼中更是明显违背科学常识(常理)。因此,历来传播于人们口中的孝子故事,就成了既不符合常情又不符合常理的礼教"吃人"的证据。在中国文化的理性结构中,人的观念、行为符合常识理性的才算正常,不符合的便是疯狂。鲁迅正是抓住了这个标准,把这个城市知识分子写成了一个"疯子",

因为具有不同于常情常理的科学意识而备受大家的欺凌。但是随着时间的推移,这种"疯子"的感觉往往逐渐转变成真切和自然的,于是"疯子"的感情所代表的新知识分子的常情,变成了天然合理的存在。

时至今日,人们仍然需要对"常识"进行"破"与"立"的重建。随着经济和医疗水平的提高,生活条件不断改善,人们对于养生的关注度越来越高,社会媒体上出现了各种养生专家的"养生大法"。面对着令人眼花缭乱的"养生之道",大部分的人都能够理性地对待,用自己的科学知识建构"常识",进而去判断可行性,但仍有部分人因缺乏相应的"常识"而被利用。由此可见,新文化运动时期对"常识意识"的思索,如今依旧具有现实意义。

知识链接

《科学》

1915年1月,《科学》杂志在上海问世。首期《科学》月刊由商务印书馆出版,发刊词上"科学"与"民权"赫然并列,申明"以传播世界最新科学知识为职志"。《科学》是由后来成为中国第一代科学家和科学活动家的一群留学青年创办的。初期以传播科学知识为主,兼发表科学研究成果。例如1928年发表了《中国第四纪人骨之发现》(翁文灏)、《航空与天气》(竺可桢)、《在当代物理学中的确定率与因果率》(严济慈)等研究成果。华罗庚1929年和1930年在《科学》杂志发表了两篇论文,引起学界注意后才进入大学,毕生从事学术工作。从1915年到1950年,《科学》均为月刊,共出版32卷,总发行量逾76万册。在抗战的艰苦岁月里,仍在大后方坚持用毛边纸印行,几未间断。

从民本主义到民主主义的演变

"民本",顾名思义,即人民是国家的根本。民本主义在中国传统文化中具有深远的历史渊源,早在殷周奴隶社会中就有"民为邦本,本固邦宁"的保民重民思想。到了春秋战国时期,儒家更是提出了仁政、德治的民本主义政治体系,并在以后的历史发展中不断补充完善。相比较而言,"民主"则是一个外来词,包含着人民主权、自由、平等的价值观念。它最先起源于古希腊的雅典,在西方经过漫长而又艰难的发展,终于在新文化运动时期成为中国思想变革的两大旗帜之一。

从民本主义演变到民主主义需要思想上的重大革新。尽管民本主义和民主主义在本质上都是一种为统治阶级服务的指导思想,但它们的实际内容却有很大差异。传统的民本主义包含了对人的价值,特别是道德价值的重视。历史上,各个时代的进步思想家都继承了这一思想,并不断地对其补充和完善。比如孔子提倡"修己以安百姓",告诚天下君子,修身养性并不只是为了自己或周围的人,而应该使天下百姓都感到安乐;荀况提出"平政爱民",要求统治者要有公正无私之心,处事公平公道,为民伸张正义,更要有爱民之心,关心民疾,心系民生。传统的民本主义虽然肯定了人民在社会中的重要性,却仍然摆脱不了对于专制政治的依赖。即使是将儒家民本思想推向高峰,提出"天下为主君为客"的黄宗羲,也并没有在他的理论中涉及人的权力价值,因而更不可能具有"自由、平等、博爱"的近代民主主义色彩。

郑观应

1840年的鸦片战争开启了"天朝上国"的大门。与洋人一道进入中国的,除了他们的坚船利炮,还有西洋的思想观念。民主主义在中国不断传播,改变了先进知识分子的保守观念。早在第一次鸦片战争以后,魏源在写作《海国图志》时就留心考察了西方的政治制度,并对西方民主进行了初步介绍,但却并没有引起太多人的重视。到了第二次鸦片战争以后,早期改良派开始改造西方的民主思想,将其作为与帝国主义、封建主义进行斗争的理论武器,提出国家独立自主、发展资本主义和设议院、行立宪的政治主张。郑观应更把设议院看成是挽救中国政治之弊的根本途径,认为"欲行公法,莫要于张国势;欲张国势,莫要于得民心;欲得民心,莫要于通下情;欲通下情,莫要于设议院"。这样的主张虽然没有彻底摆脱传统政治文化中的"民为邦本""民贵君轻"的传统意义,但它已将"民"和"下"摆在一个比较突出的位置,使"民享"获得了认同,并为中国政治思想界接受"主权在民"的理念作了准备。

到了戊戌变法时期,康梁维新派进一步宣传了近代资产阶级民主主义。他们在"君"与"民"关系的认识上突破了儒家民本主义的理论框架和思想内容,而赋予其近代资产阶级民主主义平等思想的含义。例如谭嗣同认为,起初人民并没有君臣之分,都是普通的老百姓,而老百姓之间不能互相管治,也没有时间管治,所以"共举一民为君"。也就是说,统治者不是由神决定的,而是根据社会的需要由人民推举出来的。这种"君末民本"的主张突出了人民社会地位的重要性,是谭嗣同以资产阶级的自由平等观改造儒家道德平等观的思想成果。随后,以孙中山为代表的资产阶级革命派,在结合中国实际国情的基础上,积极推行"民主共和",通过可歌可泣的革命战争,建立了亚洲第一个共和国。孙中山将"民主"解释为民族主义、民权主义和民生主义的统一,而所谓的"民权",是指实行民有、民治、民享,给人民自由平等的参政权利。可见,孙中山的民主共和思想已经开始显示人民主体地位的重要性。在他看来,一个共和国家的政体应该是"人民为主体,政府为之公仆",没有贵族、平民的阶级之分,也没有主国、藩属的制度区别。这种天下为公、主权在民的资产阶级民主思想给中国带来了深刻影响。

孙中山

新文化运动时期,先进知识分子对于民主主义的提倡更加成熟和明确,中国人对于民主的广泛接受也在这一时期达到高峰。1918年1月,陈独秀在《新青年》上第一次明确提出要"拥护德谟克拉西和赛因斯"的口号,指出"要拥护那德先生,便不得不反对孔教、礼法、贞节、旧伦理、旧政治;要拥护那赛先生,便不得不反对旧艺术、旧宗教;要拥护德先生又要拥护赛先生,便不得不反对国粹和旧文学"。在这一时期,陈独秀对于民主的提倡还建立在反对陈旧思想文化的基础上。

五四运动以后,马克思主义开始在中国传播,给中国人民带来了前所未有的希望。首先是陈独秀、李大钊等先进知识分子在思想上完成了从资产阶级民主向马克思主义民主的转变,确立起马克思主义的民主观。他们认为民主是有阶级性的,资产阶级民主与无产阶级民主有着本质的区别。1919年12月,陈独秀在《告北京劳动界》一文中指出,18世纪以来的民主是资产阶级向封建阶级作斗争的旗帜;20世纪的民主乃是无产阶级向资产阶级作斗争的旗帜。他放弃了之前主张效仿的欧美民主主义,认为所谓的共和政治实际上仍被少数的资本家把持,要实现多数人的幸福,只能依赖马克思主义倡导的无产阶级民主。李大钊也从俄国十月革命的胜利中找寻到了不同于资产阶级民主的新型民主,他认为十月革命的胜利,不是从前英国、美国式的民主主义的胜利,而是新型的德国、俄国式的社会民主主义的胜利。而要在中国实现无产阶级民主的胜利,就必须进行阶级斗争,建立起无产阶级的政权。陈独秀在《谈政治》一文中指出,若是不经过阶级斗争,不实现劳动阶级夺取政权的目标,德谟克拉西永远是资产阶级的专有物。李大钊更进一步提出应该"建立一个人民的政府,抵抗国际的资本主义"。1922年在上海举行的中国共产党第二次全国代表大会明确制定了反帝反封建的民主革命纲领,首次提出了具有统一战线性质的"民主联合战线"的策略,标志着马列主义基本原理与中国革命实践相结合取得了重大进展。

回望中国近代政治的发展历史,我们既不能固守中国传统的民本主义,更不能照搬照抄西方的民主主义,而是要根据我们自己的实际情况,逐步推进社会主义民主的发展进程,以求实现民族独立、国家富强。从民本主义到资产阶级民主主义、无产阶级民主主义,进而到当今的中国特色社会主义民主,一路上离不开先进知识分子的探索追求,更离不开广大群众的呼应呐喊。

知识链接

《海国图志》

《海国图志》是魏源受林则徐嘱托而编著的一部关于世界地理、

历史知识的综合性图书。它以林则徐主持编译的不足九万字的《四洲志》为基础,将当时搜集到的其他文献书刊资料和魏源自撰的多篇论文进行整理汇编。全书详细叙述了世界舆地和各国历史政制、风土人情,主张学习西方的科学技术,提出"师夷长技以制夷"的中心思想,是一部具有划时代意义的巨著。另外,《海国图志》也征引了其他书籍中的材料,如其中曾征引《地球图说》《地球备考》《外国史略》以及《瀛环志略》等书中的材料,详细介绍美国的民主政治,涉及美国的联邦制度、选举制度、议会制度等方面。

民主联合战线

1922年7月,中共召开了第二次全国代表大会,在《中国共产党第一次对时局的主张》这一文件的基础上解决党的民主革命的纲领问题。会议就建立民主联合战线问题作了进一步阐述,规定了民主联合战线的任务。其一是关于组建民主联合战线方面的任务,即建立以国共合作为核心的各种革命力量的大联合、大协作。其二是关于民主联合战线所应承担的政治任务,即扫清封建军阀,推翻帝国主义的压迫,建立实行真正民主政治的独立国家。除此之外,会议还确立了维护民主联合战线应该秉持的原则,即联合对敌、独立自主、将无产阶级的长远利益和当前的现实斗争相结合。

中共二大会址纪念馆

民族自决和国民自治

一个民族,无论力量强弱,都应该有独立自主决定本民族事务的权利;一个公民,无论地位高低,都应该有参与国家政治的追求。纵观中国百年近代史,这是一段充满灾难、落后挨打的屈辱史,也是一段不断探索、前仆后继的奋斗史。自新文化运动以来,我们对外抵抗侵略,打倒帝国主义以实现民族解放;对内启蒙救民,打倒封建专制主义以实现民主自由,这些都离不开"民族自决"和"国民自治"口号的提出。

1919年,第一次世界大战结束后,中国在巴黎和会上受到的屈辱引发了先进知识分子的深度思考。他们首先着眼于对外关系,提出"民族自决"的口号。5月18日,李大钊在《每周评论》上发表《秘密外交与强盗世界》,文章提出:"我们的三大信誓是:改造强盗世界!不认秘密外交!实行民族自决!"文章指出,第一次世界大战结束后,巴黎会议所决议的事没有一件是人道、正义、和平、光明的,都是在"拿着弱小民族的自由、权利,作几大强盗国的牺牲"。李大钊明确指出,不只是日本、中国的卖国贼是我们的仇敌,整个"强盗世界"都是我们的仇敌,并借此告诫全体中国人民,绝不要对帝国主义抱任何幻想。我们要本着"民族自决、世界改造的精神","把这强盗世界推翻"。所谓"民族自决",对外来说,是把中华民族从帝国主义列强的压迫和奴役中解放出来,实现民族的独立和自由。用陈独秀的话来说:"'对外发展主义',固然是中国人现在做不到的,而且我们也不赞成这不合公理的思想。但'民族自卫主义'(就是在国土之内不受他民族侵害的主义),我们是绝对赞成的。"这"民族自卫主义"正是"民族自决"的前提。日本在侵害东三省之后,又侵害山东,完全没有把中国的国家主权和民族尊严放在眼中。面对这一关系民族存亡的问题,陈独秀号召国民应该充分发挥民族自卫的精神,"无论是学界、政客、商人、劳工、农夫、警察、当兵的、做官的、议员、乞丐、新闻记者,都出来反对日本及亲日派才是"。

"民族自决"口号的提出也进一步推动了民族自决运动的兴起。1925年5月15日,上海日本纱厂的资本家借口存纱不敷,故意关闭工厂,停发工人工资。工人顾正红带领群众冲入厂内,与资本家进行理论,要求复工和发工资。日本资本家非但不同意,反而策动军警血腥镇压,枪杀了工人领袖顾正红及十几个工

顾正红

人。5月30日,在中共中央的主持号召下,一万多名群众为抗议日本帝国主义而走上街头,在公共租界各马路散发反帝传单,进行演讲,揭露帝国主义在中国犯下的罪行。万万没想到,英国捕头竟调集巡捕,公然枪杀手无寸铁的群众,死伤数十人,逮捕一百五十余人,制造了震

惊中外的"五卅惨案"。这次屠杀点燃了中国人民郁积已久的对帝国主义侵略仇恨的怒火。从6月1日起,上海全市开始了声势浩大的反对帝国主义的总罢工、总罢课、总罢市。同一天,上海总工会成立,也标志着上海工人运动从分散的状态开始转向集中的有组织的行动。上海工人阶级在总工会的领导下,成为组织严密、纪律严格的反对帝国主义的主力军,在斗争中发挥了中流砥柱的作用。

五卅运动

为继续推动反帝爱国运动的发展,中共中央于6月4日创办了《热血日报》,更加及时地向广大群众传达党的方针政策,揭露帝国主义的罪行。6月5日,中共中央发表了《中国共产党为反抗帝国主义野蛮残暴的大屠杀告全国民众书》,指出整个上海乃至全中国的反抗运动,并不仅仅是为了惩治凶手,要求赔偿、道歉等,而是要求废除一切不平等条约,取消帝国主义在中国的一切特权。人们越来越意识到,帝国主义是中国境内各民族的共同敌人,中华民族只有团结起来共同反抗帝国主义的压迫和奴役,才有可能够实现民族的真正独立和自由。

除了提出"民族自决"的要求,先驱们也努力唤醒国民参与政治的意识和觉悟,提出"国民自治"的要求。1919年5月26日,陈独秀发表文章《山东问题与国民觉悟》。山东问题产生于1919年,作为第一次世界大战战胜国的中国,却被日本政府要求割让山东领土的部分主权。山东问题缘由颇深,早在晚清时期,德国即出兵占据了胶州湾地区。1914年,日本在取得对德战争的胜利之后,直接占领了德国的胶州湾租借地。巴黎和会上,面对日本政府以战胜国身份转接德国在山东一切权益的无理要求,中国代表团的灵魂人物顾维钧为此准备了《山东问题说帖》,力陈中国不能放弃孔夫子的诞生地山东,犹如基督徒不能放弃圣地耶路撒冷。这份说帖震撼了欧美代表,扭转了舆论形势,甚至博取了列强的同情。后来由于意大利退出和会,欧美列强担心和会流产,便依日本要求,将德国在山东的

顾维钧

权益割让给了日本。在顾维钧的带领下,中国代表团最终拒绝在《凡尔赛合约》上签字,山东问题成了悬案。

  震惊于山东问题的出现,陈独秀在文章中提到了国民应该具备的对内对外两种觉悟:面对只讲强权不讲公理的英、法、意、日各国,我们"不可不主张用强力抵抗被人所压";面对政权不断更迭、专制政治却始终不变的社会现实,我们只能"叫那少数的政府当局和国会议员,都低下头来听多数平民的命令"。因此,总结山东问题的经验教训,我们"应该抱定两大宗旨,就是:强力拥护公理!平民征服政府"。所谓"平民征服政府"即是让多数的平民团结起来,发扬民主政治的精神,使少数服从多数,实现多数平民共同决定国家的内政外交事务。这既要求政府服从多数平民的意愿,又要求平民直接管理政府。此时,新文化运动的先驱们已经认识到:政治民主必然导致人民参与政治生活、管理政治事务。

要实现真正的国民自治,当然更需要国民自身作出改变。陈独秀进一步指出,国民虽然处于共和政体之中,却饱尝专制政治压迫的痛苦,人民只能"惟官令是从"。更可悲的是,大多数人都认为干预政治并非分内之事,面对政权变迁也都采取中立态度,好像是在观对岸之火,并没有"国家为人民共产"的意识。因此,要实现国民自治,首先要进行国民运动,让更多的国民参与政治生活,并能自觉居于主人的主动地位,"自进而见政府,自立法度而自服从之,自定权利而自尊重之"。只有这样才能结束中国祖传的那种官僚、专制的个人政治,建设起自由、自治的国民政治,进而不断提高国民自治能力。

如今,中国的国家实力发展日益迅速,综合国力不断增强,不仅实现了新文化运动时期提出的"民族自决"的目标,而且在国际舞台上发挥着日益重要的作用。与此同时,随着国家经济、教育事业的发展,人民各方面的素质都有所提高,在中国特色社会主义民主政治制度下,越来越多的人主动参政议政,为国家建设贡献自己的力量,实现了更高效、更有利的"国民自治"。回首新文化运动时期,先进知识分子喊出"民族自决"和"国民自治"的两大口号,一个对外争取民族的独立地位,一个对内追求公众的民主权利,至今仍不绝余响。

知识链接

《热血日报》

《热血日报》是中国共产党创建的第一份日报,创刊于1925年6月4日,是一份刊行时间很短的报纸。"五卅惨案"发生后,当时上海虽然有《申报》《新民报》《时事新报》《民国日报》等九大报纸,但舆论一片沉寂,反应冷淡,个别报纸也仅仅作了简单的报道。面对群众汹涌澎湃的反帝怒潮,迫切需要有一份日报来及时加强宣传鼓动、指导组织和推动运动的发展。中国共产党为配合当时革命运动的形势,更好地领导人民的反帝斗争,决定出版《热血日报》。《热血日报》由瞿秋白任主编,以宣传马克思主义真理、揭露帝国主义对中国犯下的种种罪行为主要内容,具有强烈的政治鼓动性和鲜明的革命态度。《热血日报》共出了24期,到1925年6月27日被迫停刊。

《山东问题说帖》

1919年2月15日中国政府代表向巴黎和会提交的几项说帖之一。主要内容是:一、德国在山东的租借权及其他关于山东省权利的缘起及范围;二、日本在山东军事占领的缘起和范围;三、中国要求全部归还德国在山东的权利,因中国对德宣战,终止中德间的一切关系,现德国战败,理应收还全部权益;四、德国权益应由大会直接归还中国,不致滋生枝节。

振奋人心的口号——"劳工神圣"

在传统观念中,可被视为"神圣"的只有神灵或帝王将相,但在1918年11月16日,蔡元培却石破天惊地将"神圣"与社会底层的劳工联系在一起,提出"劳工神圣"这一振奋人心的口号。这口号带来新文化运动的新思潮,不仅引发了人们对劳工生活境遇的关注,让人们意识到劳工阶层独有的价值,更重要的是让劳工自省并开始争取应有的权利。可以说,"劳工神圣"就如同中国工人阶级主导历史进程的前奏,具有划时代的意义。

其实,这一口号的提出并非偶然,它植根于独特的时代背景。当时发生了两件震惊世界的大事,一件是1917年俄国十月革命取得成功,

《劳工神圣》

另一件是1918年11月持续四年多的第一次世界大战以德国战败而结束。这两件事使中国民众对新生社会主义国家充满向往,开滦煤矿的工人就曾殷切地希望这个"工人之国"早日到来;同时,这两件事也使中国探索中的知识分子看到了蓬勃发展的工人力量,这力量曾促使德国军国主义势力覆灭和腐朽沙俄政权垮台。他们认为这才是中国革命可以依靠的力量。

于是,在这样的背景下,蔡元培率先站在天安门的露天讲台上,发出嘹亮的启蒙之声。他激情地说道:"我说的劳工,不但是金工、木工,等等,凡是用自己的劳力作成有益他人的事业,不管他用的是体力、是脑力,都是劳工。所以农是种植的工;商是转运的工;学校职员、著述家、发明家,是教育的工;我们都是劳工……我们要自己认识劳工的价值!劳工神圣!"这里,不可否认,蔡元培将商列入"转运的工"混淆了劳、资界限,但是瑕不掩瑜。在他高呼"劳工神圣"之后,其他知识分子也开始关注劳工问题。

1918年11月15日,李大钊在中山公园的演讲会上发表了以《庶民的胜利》为题的演讲,指出德国的失败是因为"庶民的胜利",并认为1917年的俄国革命是20世纪世界革命的先声,今后的世界将要变成劳工的世界。在《我的马克思主义观(上)》中,他进一步指出:"从前的经济学,是以资本为本位,以资本家为本位。以后的经济学,要以劳动为本位,以劳动者为本位了。"从资本、资本家转向劳动、劳动者,这思想上的转变让我们看到"劳工神圣"这个醒狮怒吼般的新启蒙口号,不同于新文化运动前期的"天赋人权""个性自由"等一般的民主主义宣传,而是以劳动解放的实际思想,改造旧经济体制的社会内容,试图诠释一个新的时代。

果真,这个时代很快就来了。在五四风云席卷全国之时,学生开始罢课,救国组织深入到工厂进行动员。在知识分子的舆论宣传之下,工人逐渐认识到祖国面临的严峻形势。加之受到商人罢市的直接刺激,他们终于集中起来,不再顾虑任何私有财产的丧失,上演了一场"罢工风暴"。1919年6月5日,由日本内外棉第三、第四、第五纱厂工人领头,随后日华纱厂、上海纱厂、中华书局的工人,沪宁、杭甬两铁路部分工人等开始罢工。6月6日,工人罢工范围不断扩大,水手、司机、清洁工也参与其中。到6月10日罢工达到最高潮,上海水陆交通均已中断。最终,工人们成功地给北洋军阀施加了压力,使其妥协,罢工获得了胜利。这场胜利让人们看到了知识分子与工人运动相结合所产生的巨大力量,但同时,人们也意识到了劳工阶层存在的思想觉悟较低、自觉抗争意识淡薄的缺陷弊端,并由此开始呼吁:知识分子作为劳动者"黑暗中的明灯",劳动者作为整个社会的主体力量,二者应该紧密结合。正如戴季陶所说,要"组织无产阶级的大同盟,以最善的努力谋全劳动阶级地位的向上"。因此,1919年10月,由北京大学发起,北京五千多名大、中学生捐款买了17万个馒头,并在这些馒头上用鲜红的颜色印上"劳工神圣""推翻专制"等口号,学生们把馒头送给生活清苦的劳动者。1920年4月,平民教育讲演团到丰台、长辛店、通州等地的农村进行讲演活动,听众累计有九百余人。从诸如此类的事实中都可以看出进步知识青年与工人群众紧密结合的趋向。1920年6月17日的《民国日报》就曾写道:"劳工神圣!劳工神圣!与劳工为伍!与劳工为伍!

罢工照片

这种声浪,在杂志报章上,也闹得够高了。一般讲新文化的青年,都免不掉要讲几声!"这是对当时情况的真实写照。

在二者不断紧密的结合中,劳动者进一步提高觉悟,反思自身。曾经的他们如同老舍笔下的祥子,在能晒死牲口的日头下,在突如其来的暴雨中,顾不上命地奔跑;如同夏衍笔下的"芦柴棒",在虐待中随时面临死亡,求不得丝毫怜悯,暗无天日地做工。曾经的他们只希望能够拼命工作支撑生活,却不曾想,因为受到剥削和压榨,有时候连温饱都难以维持,备尝水深火热的滋味。"劳工神圣"的呐喊,正是他们苦难生活中的一缕光,他们要改变!

1920年5月1日,中国工人第一次举行了纪念国际劳动节的活动,他们聚集起来,纪念那个属于他们自己的节日。在广州,工业团体如机器行西家、香港电车行、石行等联合学界在东园举行庆祝,到会的有几万人。在上海,五千多名工人集合起来,虽然遭遇多次武力阻挠,但依旧热情高涨,毫不畏惧,与会工人一致提出"三八制"(即劳动、休息、学习各占8小时)、建立工人阶级自己的工会和各业工人联合起来等三项决议。在《上海工人宣言》中,工人们写道:"多谢今天军官的强横行动,竟能使中国人民由惊讶而怀疑,由怀疑而认识,由认识而决心,由决心而奋斗。从今天起,我们中国工人觉悟的团结的精神,已经足以使压制我们的人胆战心惊。"此时,"劳工神圣"的标语已经深印在劳工们的脑中。

在此之后,劳工们进一步受到洗礼,他们超越了五四运动中扮演的"声援"角色,更加主动地开展罢工、休业等示威运动,向资本家宣战,争取他们应有的权利。为了减少工作时间,为了增加工资,就曾出现广州铁路工人大罢工、上海人力车罢工、唐山开平矿工大罢工

林祥谦

等罢工事件。这些罢工取得的胜利使人们备受鼓舞。但在罢工运动中,也不可避免地会有流血牺牲。在1923年京汉铁路工人大罢工,即震惊中外的"二七惨案"中,工人们就受到血腥镇压,50多人死亡,300多人受伤。其中,江岸分会委员长、共产党员林祥谦被砍断双臂依旧不屈服,依旧大喊着"我们的头可断,工不可开";京汉铁路总工会法律顾问施洋高呼着"劳工万岁",身重三颗子弹,壮烈牺牲。这场罢工虽然没有取得成功,但却成为工人运动高潮的顶峰,工人的生命和鲜血进一步唤醒了中国人民,要想获得真正的自由和解放,必须斗争到底。在1922年1月到1923年2月间,全国发生的罢工达100余次,参加人数达30万以上,掀起了中国工人运动的第一个高潮。

施 洋

"劳工神圣"这一振奋人心的口号,扭转了劳动群众的社会地位,成就了负载现代思想文化的社会主体力量。无论时代的风云如何变幻,劳动群众的地位不可动摇。新中国成立后,1950年出台了《新中国的劳动保险制度》,明确规定要取缔"重视机器,不重视人"的剥削制度,希冀人们共享革命胜利的果实。改革开放以来,国家更加重视工人阶级的主力军作用,"劳动合同制"用工政策开始实行,1994年的《中华人民共和国劳动法》指出,"工资分配应当遵循按劳分配原则,实行同工同酬"。如今,我们步入社会主义现代化建设的新时期,更要坚定"人民创造历史"的科学信念。为此,2010年,国家解决了进城务工者社会保障缺失的问题,2014年新的劳动合同法也首次以法律的形式对劳务派遣、非全日制用工等新情况进行了明确规定。这些都是践行"劳工神圣"口号的体现。从新文化运动至今,这个启蒙口号的精神不断延续,社会上仍有它不绝的余响。

> **知识链接**
>
> ### 五一国际劳动节
>
> 　　五一国际劳动节起源于 1886 年 5 月 1 日美国芝加哥 20 多万工人为争取实行 8 小时工作制而举行的大罢工。经过艰苦的流血斗争,这场罢工获得了最终的胜利。为纪念这次工人运动,1889 年 7 月 14 日,由各国马克思主义者召集的社会主义者代表大会在法国巴黎隆重开幕。大会上,与会代表一致同意把 5 月 1 日定为国际无产阶级的共同节日。这一决议得到世界各国工人的积极响应。1890 年 5 月 1 日,欧美各国的工人阶级率先走上街头,举行盛大的示威游行与集会,争取合法权益。从此,每逢这一天,世界各国的劳动人民都要集会、游行,以示庆祝。

激励人心的制度——社会福利

社会福利是国家和社会为提高与完善社会成员,尤其是困难者的社会生活而实施的一种社会制度,旨在通过提供资金和服务,保证社会成员一定的生活水平,并尽可能提高他们的生活质量。晚清以来,新思想源源不断地传入中国,我国的社会福利制度也随之发生重大的变化。从最初的"重养轻教"到清末的"教养并重",再到民国的"救人救彻",不断向现代转型,实现了激励人心的变革。

清末之前,中国一直都是以自给自足的家庭生产为主导的血缘宗法社会,整个社会的福利制度也自然围绕着家庭、宗法建立起来。由此,追求"老有所终,壮有所用,幼有所长,矜、寡、孤、独、废疾者皆有所养"的大同社会成为

管 仲

这时社会主流的福利思想。在这样的思想下,"荒政"成为朝廷承担社会救济的主要内容,"养"则是其主要的承载形式。春秋战国时期,管仲就曾提出"九惠之教",涉及了老老、慈幼、恤孤、养疾、合独、问病、通穷、赈困、接绝九个方面,提倡对老人、孤儿等弱势群体进行救济。南北朝期间,萧衍在建康设立赡老恤孤的孤独园。只要是孤寡老人、无人照顾的幼童等难以独自谋生的人,都可以由当地政府收养,管足衣食直到终老,终老之后,也能厚加料理。唐宋也设立悲田养病坊、福田院等矜孤恤贫、敬老养病的慈善机构。总之,在我国社会福利的悠久历史中,不管是收养孤贫、为流浪者提供

萧　衍

食宿,还是接济灾荒难民、对死者施以棺木,都是在"重养轻教"的福利观念下实行的。

　　诚然,以这种思想观念建立起来的福利制度在中国古代几千年的社会运行中发挥了协调与稳定社会关系的作用,有着独特的价值。但是这种以养为主的方式具有"重义轻利"的感性色彩,在社会财富总量有限的情况下势必会造成布施者囊中羞涩,也容易使受助者承受较深的负债感,而对于那些安于现状的人们来说,更容易滋生严重的依赖心理,其结果不利于受助者个人潜能的充分发挥。随着晚清时中国大门被打开,西方思想的传入,人们逐渐认识到它的种种弊端。加之在西方列强鲸吞之势下,国运式微,政府苦于国家物力支绌而贫苦无业之民却愈养愈多,深感"养民无术"。为此,一批社会思想家们开始"睁眼看世界",关注到西方的福利制度。

　　薛福成就是这时"睁眼看世界"并"走向世界"先进知识分子中的一员。在出使英国期间,他发现一家不起眼的贫孩院。这里有男孩女

孩共计三百余人。院里有厨房,有书库,有读书堂,有做工所……一切都秩序井然。只要是两岁以上的贫困孩子,都可以送入院中。但这所贫孩院不光负责养,还负责教,每个孩子都可以学习一门技艺,直到他们二十岁左右,能够自食其力后,方可离去。这样,这些贫困的孩子就能够独立地在社会上生存下去。这里的景象被薛福成看在眼里,使他深切地感受到"教"的作用。他对此夸赞不已,还用笔记录下来,将其介绍回中国。

薛福成

除了他,还有许象枢、郭嵩焘、刘锡鸿等多位出使西方的有识之士,都感叹"教"的作用,并在回国后也纷纷将"教养并重"的观念引入中国。1901年,许象枢专折上书《泰西善举中国能否仿行》,强烈呼吁"此泰西之善法,中国所宜仿效者也"。于是,中国人效仿西方,对福利制度进行变革。1903年,北洋赈抚局总办毛庆蕃在天津设立一所工艺厂,令流浪儿学习技艺,使得他们能够自养其生。1907年,清朝民政部要求在各种养济院、清节堂中附设工艺所,"兴养立教"。福利制度的这种模式转变突破了古代消极的"养民"思想,成为中国由传统的农业社会向近代社会转型的重要内容。

社会福利从"重养轻教"发展到"教养并重",这进步是值得欣喜的。但是,随着新文化运动的到来,西方民治观念传入我国,"主权在民"的思想日益深入人心,民主、平等、法制思想也不断传播,人们又看到福利制度中仍然存在的弊端。自古以来,君主将国家视为私物,将百姓视为子民。官府总会将社会福利视为对百姓的怜悯和恩赐,是"皇恩浩荡"的表现。由此,社会福利总会带有怜民色彩,它的实施并非出于国家的责任意识。同时,中国古代是礼法社会,对接济者有着强烈的道德要求,违反纲常伦理的人是得不到社会关怀或同情的。这些情状在清末的变革中依旧改变甚微。针对这些弊端,知识分子又开始对其进行新一轮改革,希冀实现"救人救彻"。这一时期,最出色的代表莫过于李大钊了。

李大钊,1889年出生于一个贫困的农村。他从小失去父母,既无兄弟,又鲜姐妹,被垂老的祖父教养成人。这坎坷的个人经历使他深知人民疾苦并怀有同情心,高度关注社会福利制度。看到当时社会福利中的不足后,他开始主张对福利制度中的主客体进行变革。首先,他大力强调国家是福利制度的第一责任主体。他非常认同马克思主义中所说的,国家具有管理公共事务的职能。由此,解决福利问题并非是一种恩赐和施舍,而是国家和社会的责任。对客体而言,他不再如过去那样,只把眼光聚焦在老人、孤儿等人身上,还进一步突破伦理道德的标准,将娼妓、厌世青年、失足人员、人力车夫、童工等纳入其中。由此,他将社会救助客体进行了扩充,使接受福利的对象扩充到失业人员(工人、学生等)、城市贫民、贫农、鳏寡孤独及妓女、乞丐等更多群体。他的做法看似普通,但其实反映了他在弱势群体认定上的民主与平等意识,也反映了新文化运动为社会带来的博爱互助、包容大度的新风。

除了推动福利制度主客体的变革,要想实现"救人救彻",还需对推行的手段进行创新。为了寻求新的手段,李大钊一直在思索造成如此多同胞深处困境的根源究竟是什么。思索中,他慢慢发现,这一切是由体制造成的。1919年1月,他发表《新自杀季节》一文,其中就指出"那些因不耐冻饿"等自杀的现象"只应从社会制度上寻找他的原因"。到了1924年,他比1919年更确切地指出,是"帝国主义的沉重压迫和国内的军阀"统治导致"农民丧失了土地,绝大多数产业工人饱受着失业之苦"。他认识到,要想解决弱势群体的生存问题,依靠养、教的途径是不彻底的,只有改变不合理的社会制度,才能"救人救彻"。

当然,社会制度的变革不能一朝一夕完成,那么社会福利应该如何进行呢?李大钊主张通过社会政策。比如,他号召扩充济良所,让其充当教育机关兼工厂的社会角色,收容妓女。更难能可贵的是,他还鼓舞弱势群体靠自己去提升自救能力。认为唯有"待其本身之运动觉醒,依自力以为奋斗"才能使"社会许以权利,赍以自由,遇以同情,待以公理"。可见,李大钊倡导的福利制度,是出自对国家和社会深切的责任感,涵盖更广阔的社会群体。同时,他主张将变革社会制度、改善生存环境与帮助弱势群体恢复其自救能力、为其自救创造条件等治本之策叠加起来推行社会福利,既立足眼前,又着眼长远。这一切都很好地推动了福利制度的现代化。

在知识分子的努力下,1943年9月23日,国民政府正式公布施行我国历史上第一部系统完整的社会福利法案《社会救济法》,该法即体现了"全民救济、全面救济"的理念。从救济对象来看,它不再附设对受救济者的道德要求,从救济方法来看,其范围也已不限于传统意义上的对贫穷老弱残疾的救济,而扩及于免费医疗、免费助产、住宅廉价租赁、职业介绍等现代社会福利的许多方面。此时的《社会救济法》已经摒弃了传统社会道德伦理的标准,更彰显现代的人文关怀,体现着现代政府的公平标准和管理责任。社会福利就这样,顺承着"重养轻教""教养并重""救人救彻"的观念,一步步创新和改革。新时期以来,它更秉持着"以人为本"的理念,在继承的基础上有了更大的突破。比如,在社会福利的提供主体方面,已经从单纯的国家和政府为主体,逐渐转变为国家、社会、企业、个人、社会组织等为主体,实现了福利的多渠道、多元化、多样化供给。再比如,在福利的内容方面,已经从简单的吃饱穿暖向衣、食、住、行、医等基本生活保障和权益保障全方位发展等。这些都是社会福利在新思潮下取得的成果。今后,我国福利制度仍将更好地落实人文关怀,维护人民的利益与社会的公平。

| 知识链接 |

荒 政

  荒政是古代在遇到荒年时所采取的救济措施。面临地震、旱灾、水灾等灾难时,社会极易动荡不安,此时,执政者就实行荒政。《周礼·地官·大司徒》中说道:"以荒政十有二聚万民(防止百姓离散)。"这十二种办法包括散利(发放救济物资)、薄征、缓刑、弛力(放宽力役)、舍禁(取消山泽的禁令)、去几(停收关市之税)、眚礼(省去吉礼的礼数)、杀哀(省去凶礼的礼数)、蕃乐(收藏乐器,停止演奏)、多婚、索鬼神(向鬼神祈祷)、除盗贼。后来,南宋董煟总结历代荒政,著《救荒活民书》,这是中国第一本救荒专书。

用歌声唱出的解放

"毛毛雨下个不停,微微风吹个不停。微风细雨柳青青,哎呦呦柳青青,小亲亲不要你的金,小亲亲不要你的银。奴奴呀只要你的心,哎呦呦你的心"。这是近百年前流行歌曲的开山之作《毛毛雨》中的歌词,直白的语言加加上夸张的唱法,在当下来看,着实让人忍俊不禁。正是这样一首歌,在当时却引发了巨大的轰动,就连鲁迅与友人谈论新诗时,都要与《毛毛雨》比上一比。"许多人也唱《毛毛雨》,但这是因为黎锦晖唱了的缘故,大家在唱黎锦晖之所唱,并非唱新诗本身,新诗直到现在,还是在交倒楣运"。显然,"交倒楣运"的新诗和盛行的《毛毛雨》形成了鲜明的对比。那么,为何这首歌能够如此流行呢?原因其实很简单,因为这首歌唱出了人性的解放。

《毛毛雨》

新文化运动与百年中国

新文化运动时期,新思想的涌入是摧枯拉朽式的,先驱者将诸如人的价值、人的权利等现代意识融入到各种文艺样式中,以此为载体来进行思想启蒙。而在音乐领域,首倡者就是黎锦晖。

黎锦晖是中国流行音乐的奠基人,也是中国近代歌舞之父。五四运动时期,他提倡新音乐运动,主张新音乐与新文学运动并进,秉持着"学国语最好从歌唱入手"的理念,怀着拓荒性的创新精神致力于国语的推广和儿童歌舞剧的改革,确立了儿童歌舞艺术的新体裁。为大家所熟知的"小羊乖乖,把门开开",就是他

黎锦晖

创作的歌舞剧《小羊救母》中的唱段。聂耳曾称他是"中国最多产最有影响的作曲家"。五四运动之后,受新思潮影响的他仍旧力争以音乐作品为载体去宣传、普及新的思想观念,由此,他以先行者的身份转入流行音乐的创作,创作了黎氏"时代曲"。《毛毛雨》是他1927年的作品之一,值得一提的是,《毛毛雨》的演唱者不是别人,正是他的女儿黎明晖。这位大小姐在父亲的熏陶之下,思想自由开放,自小喜欢着男装,剪短发,所以家里人都称她为"少爷",后来她竟成为中国第一位以短发示人的女明星,开时代风气之先。

秉持着新思想的父女二人,通力合作,打造了一曲《毛毛雨》。可以说,这是中国近代第一首爱情歌曲。在中国传统的"爱情乐章"中,通常只有含蓄的表达。比如"青青河畔草,绵绵思远道"中隐匿着思妇对远方亲人不归的担忧与盼望;"念与君离别,气结不能言"中深蕴着爱人彼此离分时的痛苦和思念;"侬作北晨

黎明晖

星,千年无转移"中倾吐着女子对爱情亘古不变的誓言……而《毛毛

雨》却一反之前,竟大胆呐喊出"不要金,不要银,只要你的心",用最直白的方式表达了对诚挚爱情的渴望,这种勇气实在难能可贵。也正是因为《毛毛雨》迎合了新时代背景下人们对解放思想和真挚婚恋观的要求,因此所引起的轰动可想而知。自黎明晖登台演唱后不久,歌声就迅速传遍上海的大街小巷。印有《毛毛雨》谱子的单行本,以一角钱的"暴利"进行销售,却依然引得购者无数。百代公司抓住时机,为其录制唱片,许多商店为了吸引顾客,更是不惜花重金购置留声机或收音机,只为通过大喇叭播放《毛毛雨》。

《毛毛雨》的影响不止限于音乐界,就连著名教育家陶行知先生都深受启发,将歌词选入了《老少通千字课》课本之中。据《陶行知日志》记载,1938年4月30日,他在三藩市(旧金山)为号召华侨捐资抗日演讲时,作了《中国所要的》诗一首,其中就化用了《毛毛雨》中的一句:"小亲亲,他要你的金;小亲亲,他要你的银;小亲亲,还要你的心,啊呀呀,你的心!"这颗"心"所指的是中国之心。此诗后改名为《对三藩市侨胞唱中国的要求》收入《行知诗歌集》,陶先生后加注说:"《毛毛雨》在抗战时代是退伍了,但我只改了三个字,对三藩市露天晚会数千华侨唱出来,便成了有力的号召。"可见,《毛毛雨》在人们心中的地位之高、影响之深。

《毛毛雨》能够如此"大获全胜",其实与黎锦晖的平民音乐观有着密切的关联。在传统社会,音乐是分阶级的。众所周知,《诗经》原来全是可以入乐的歌词,分为《风》《雅》《颂》三部分。"风"指风土之音,内容多是各地民谣;"雅"属正雅之声,是宫廷宴享或朝会时使用的乐歌;"颂"指颂德之作,用于宗庙祭祀,以此来歌颂祖先功业。《荀子·乐论》中有言:"先王恶其乱也,故制《雅》《颂》之声以道之,使其声足乐而不流。"这说明《雅》《颂》是先王用来平乱、安定民心的,是一种正宗的主流音乐,同时也隐讳地表明,流传于民间的音乐是一种非主流性质的音乐,每个人都必须严格遵守音乐的等级制度,凡是越级之人一律予以重惩。从中,我们可以明显感到音乐的阶级性。新文化运动时期,民主之风盛行,平等思想逐渐深入人心。对此,黎锦晖强调:"歌舞是最民众化的艺术,在其本质上绝不是供特殊阶级享乐用的。必须通俗,才能普及。"他的平民音乐思想深深地植根在新文化运动提倡的"民主"观念中,用音乐去践行思想,《毛毛雨》引发轰动想必也在情理之中。

在《毛毛雨》之后,越来越多的作品延续着它开辟的都市流行歌曲的新形式,歌颂着新时期自由、平等、独立的新思想。1927年黎锦晖创作、黎莉莉演唱的《妹妹我爱你》,依旧以直白的语言,大胆地表达着炽热的爱情;1934年由安娥作词、任光作曲、王人美演唱的《渔光曲》,饱含着渔民的血泪,抒发着劳动人民心中的愤懑;1937年由田汉作词、贺绿汀作曲、周璇演唱的《四季歌》,大胆倾诉着情侣被拆散后的痛苦和真切的爱意……其中,以1934年聂耳创作、阮玲玉演唱的《新的女性》最为引人注目。它的歌词是这样的:"新的女性是生产的女性大众,新的女性是社会的劳工,新的女性是建设新社会的前锋,新的女性要和男子们一同翻卷起时代的暴风!暴风!我们要将它唤醒民族的迷梦!暴风!我们要将它造成女性的光荣,不做奴隶,天下为公,无论男女,世界大同,新的女性,勇敢向前冲!新的女性,勇敢向前冲!"可以说,这一曲曲明白晓畅的音乐,正是社会发生了翻天覆地的变化,思想推陈出新的极好印证。

时隔百年,如今我们依旧可以听到当年那些老式留声机里传来的歌声,突破审美层面,我们更应该从这些歌曲的内涵上获得启迪并加以反思。当代流行音乐秉承了早期都市流行歌曲的通俗性,同时也唱出了时代的最强音。不管是呼喊着绝望中不放弃的《隐形的翅膀》、呼吁着艰难中不抛弃梦想的《我的未来不是梦》,还是呼吁时光易逝、亲情可贵的《时间都去哪了》,都是当下流行歌曲的经典之作。但是,乐坛上也存在一些不良现象，人们过于注重商业性和娱乐性。一些网络歌曲为迎合受众口味，过分求新，以夸张的歌词和奇特的曲风设法吸人眼球。它们凭借奇特的风格红极一时，但却很少唤起人们思想情感上的共鸣。此外，也有一些歌曲在思想上过分显露出消极的色彩。比如一些女性题材的歌曲，歌词中"在拥有你的日子里，我习惯了失去自我"、"我像是一颗棋，进退任由你决定"等，都让女性失去了自身的主体性，缺乏彰显青春、健康的明媚之美。当我们回溯流行歌曲诞生之初——那个单纯与深刻兼具的时代，或许会愿意再听一听那直白却富有韵味的声音："奴奴呀只要你的心，哎呦呦你的心……"

知识链接

新音乐运动

"新音乐运动"有两种，一种是建立在"音乐形态学"意义上的，主张通过学习西乐、创造新音乐，创建俄罗斯民族乐派意义上的中国民族乐派，最终实现中国音乐的复兴；另一种是建立在"音乐功能论"意义上的，主张通过革命的大众音乐的创作，使之成为无产阶级革命、反帝反封建的武器。在此，我们所言的"新音乐运动"指的是前者。

1904年曾志忞在《乐典教科书》序言中提出"知音乐之为物，乃可言改革音乐，为中国造一新音乐。然则音乐有利于国也"，率先提出"新音乐"的概念。五四运动后，"新音乐"有了进一步的发展。众多倡导者发声宣传新音乐理念。萧友梅倡导"以我国精神为灵魂，以西洋技术为躯干的新音乐"，赵元任努力创作"中国化"的旋律与和声，黎锦晖高举"平民音乐"的旗帜，等等。这时期还兴起很多新式社团，比如大同乐会、中华美育会等，同时还有一些音乐教育机构，比如北京大学音乐传习所、国立音乐院等，培养了一批音乐人才。在"新音乐"观念的倡导下，中国音乐创作迅速发展。萧友梅、赵元任等创作《问》《教我如何不想他》等艺术歌曲，黄自创作《抗敌歌》等合唱曲，黎锦晖等人创作儿童歌舞剧等，产生了广泛的社会影响，由此，这些实践发展成为"新音乐运动"。

用服饰穿出的自由

茅盾的《子夜》曾通过吴老太爷的视角展现过上海的一隅:吴老太爷看到二小姐芙芳紧裹着一身淡蓝色的薄纱,丰满的乳房很显明地突出来,袖口缩在臂弯以上,露出雪白的半只臂膊。在他赶快转脸之际,没想到扑进他视野的,是另一位只穿着亮纱坎肩,连肌肤都看得分明的时装少妇。吴老太爷作为封建守旧势力的代表,对人们服饰的变化大为惊叹,甚至呼喊着"万恶淫为首",气得哆嗦不已。但殊不知,人们服饰的改变顺应了时代发展的思想潮流,是新时代自由精神的成果,其变化早已势不可挡,他眼睛中的图景也只是20世纪30年代中国社会的缩影而已。

其实,早在辛亥革命前后,人们的穿着就已经在"西服东渐"的影响下发生了变化,之后伴随着新文化运动带来的新观念,服饰也不断顺应个性解放、反对束缚的时代潮流,并作为一种思想变化的载体,直观地反映着人们悄然改变的价值取向和审美心理。虽然遭遇过封建复古势力的反对,但人们的穿着挣脱层层限制,走向自由的步伐从未停止。

众所周知,在封建社会,服饰和每个人的身份、地位相联系,是权力和地位的象征。在服饰"严内外,辨亲疏"的作用下,历代统治者都制定了详细的服饰制度。比如在汉代,庶民不准穿红色、紫色的衣服,只能穿青色、绿色衣服。商人身份卑贱,因此对商人的禁令更严。再比如清朝,服饰的禁例更加严格,规定"衣冠定制,寒暑更换,皆有次序"。从皇室家族到文武百官再到普通百姓,从颜色质地到穿戴时间再到穿戴场合,都不得违反服制的律条,若有僭越,轻则处以杖刑、徒刑,重则处以极刑。在这样森严的等级制度下,人们毫无自由选择穿着的权利,与此同时,人们也被长久地压抑了"人"的想法与个性。

清末,随着"西学东渐"之风的深入,人们的思想闸门逐渐开启。有识之士认识到,要想让人们摆脱奴性思想,挣脱束缚,服饰作为社会的镜子,就理应成为宣传自由精神的一扇窗口。章太炎就曾感慨,"余年三十三矣,……余年而立,而犹被戎狄之服……余之罪也"。孙中山也曾说到"满虏窃国,易于冠裳,强行编发之制,悉从腥膻之俗"。他们

孙中山在日本

的努力不止停留在言语上。孙中山在1985年10月赴日留学时,就断发易服,以示与清朝决裂。从如今保留的照片中我们会发现,以他为代表的留学生和革命者皆身着西装,摆脱了清朝服制的约束。之后,辛亥革命爆发,几千年的封建制度走到尽头,共和制度建立。孙中山颁布了《服制条例》,该条例对人们平时的便服没有任何限制,服饰等级制度终于被废除,人们可以按照自己的喜好选择穿着了。尤其是新文化运动爆发以后,先进知识分子重新发现个人的价值,使得平等自由、个性解放等新的思想不断传播。在服饰文化不断向个人主体地位回归的过程中,人们不仅自由地选择穿着,还尽可能地用服饰来表达自我,张扬个性。由此,时装秀开始上演,"西装东装,汉装满装,应有尽有,庞杂至不可名状","洋洋洒洒,陆离光怪,如入五都之市,令人目不暇接"。

在人们被赋予了自由选择服饰的权利之后,有识之士又致力于争取"活动和伸展的自由"。在儒家思想的影响下,传统服饰文化认为形是俗的,形而上的精神才是美的最高境界,因而一方面用宽大的袍衫将人体的形遮蔽起来,另一方面,又用宽襟广袖来制造飘逸的感觉,以否定和超越形的存在。从《红楼梦》第三回中写到的贾宝玉"头上戴着束发嵌宝紫金冠,齐眉勒着二龙戏珠金抹额,一件二色金百蝶穿花大红箭袖,束着五彩丝攒花结长穗宫绦,外罩石膏起花八团倭缎排穗褂,登着青缎粉底小朝靴"的复杂穿戴中,我们就可以感受到传统服饰是多么的讲究。但这样的服饰美则美矣,却以平面直线裁剪为中心,以造型、纹饰等象征意义来表达伦理、风俗等精神文化,严重损害了实用性,在穿戴上给人们带来了极大的不便。

古代服饰 1

针对这一问题,知识分子希冀使人从衣饰的束缚中走出来,他们纷纷发表建议,致力于对服饰,尤其是对女性服饰进行改良。比如《妇女杂志》1921年发表的《女子服装的改良》就指出我国女子的衣服因为重直线的形体,而不是如西洋服饰重曲体形,一穿在身上,就会出现各种问题:大的俞拖后荡、不能保持温度,小的束缚太紧、阻碍血液循环,不合乎卫生原理。为此他们提出改良的三个要项:"1.注重曲线形,不必求折叠时便利。2.不要太宽大,恐怕不能保持温度。3.不要太紧小,恐阻血液的流行和身体的发育。"

在类似的言论中,我们可以看出,此时的人们根据现代审美观点,企图改造传统服装,以满足人的需求为基本出发点,希望设计出健康合体、"以人为本"的新式服装来。终于,在人们对实用性的重视下,曾经高耸的元宝领降了下来,不再妨碍颈部的转动;宽大的衣袖变窄,便于日常形为的操作。女性的曳地长裙也升了上去,利于行走;胸衣的改革,使女性曲线恢复自然,利于健康。就如张竞生所说,"美的服装不妨碍身体,而是帮助身体的发展"。由此,衣饰去繁就简,衣以短入时,仅及腹下,露出臀部。重实用、尚简洁逐渐成为大众审美的主旋律。

古代服饰2

服装改良掀起了时装界的新风,但是这种改良让一些封建复古人士看在眼里,大为不满,他们都如吴老太爷一样,大喊着"万恶淫为首",猛烈地反对。他们固守着以"礼"为核心的传统服饰观,认为服饰的审美标准必须要与纲常礼教相吻合。尤其对女性而言,严格禁止妇女形体上"性"的显露和挑逗,女性必须从脖子到脚尖都裹得严严实实。正是他们的这种腐朽思想，使得女性的身体和心灵都被牢牢禁锢，从而产生了束胸、缠足等变态行为。因此，要想使妇女获得自由，突破这种女性病态的审美标准以及打破封建制度对女性身心的摧残极为必要。

  1912年，南京临时政府公布《令内务部通殇各省劝禁缠足文》，缠足被彻底废止，从而引发了人们对丝袜的热捧和对新款女鞋的追逐。这之后，人们又开始掀起"天乳运动"，力图进一步实现身体的解放。对此，鲁迅先生就曾疾呼："仅只攻击束胸是无效的。第一，要改良社会思想，对于乳房较为大方；第二，要改良衣装……"在诸如此类的观点的指引下，文胸从羞怯躲闪的讳疾之物演变成众目睽睽之下的时尚之物，随之而来的是女性思想的进一步开放。20世纪40年代，《良友》画报中曾刊登过一幅有趣的对比图。一幅是一位在游泳池旁身着文胸式泳装的婀娜女性，图下附言："你们干吗看我，我还比你们多穿一层呢！"另一幅是一群裸体的男性，图下附言："但是究竟有男女有别啊！"这两张男女不同穿着形态的比照图说明了当时女性已冲破传统伦理道德观念的束缚，折射出人们对于人体以及服饰认知的拓展与变化，让人们看到了女性思想中的摆脱约束的自由精神。

男女对比图（载于《良友》1940年2月151期42页）

人们在服饰变革之路上探索百年,终于迎来如今这个用服饰穿出自由的时代。在这个时代,我们的穿着不再受到任何的限制,每个人都有选择服饰、张扬个性的自由。合理的服装设计,也使我们摆脱繁琐与不便,有着随意伸展、彰显身体魅力的自由。不管是干净素雅,还是光鲜亮丽,是搭配得体,还是匠心独运,都由我们自己决定。可以说,服饰的胜利,就是"自由精神"的胜利。

新文化运动与百年新思潮

| 知识链接 |

西服东渐

　　1840年中国近代史拉开序幕,"西服东渐"之风开始盛行。洋服、西裙、纽扣、怀表等涌入中国,成为人们追逐的时尚物品。20世纪20年代,男装的西服革履很是时髦,男性头戴礼帽,系着领结,还要提着"司的克"(实为拐杖),只为凸显风度。女性也穿着长管丝袜并配上高跟鞋,胸花、耳环等也必不可少,尽求高雅。20世纪80年代,"西服东渐"进入到又一高峰期。随着改革开放,喇叭口裤、蝙蝠衫、裙裤、朋克装等如潮水般袭来。中国服饰在"西服东渐"中发生着崭新的变化。

民国时期服装一窥

新文化运动与百年中国

用图画绘出的开放

受到新文化运动新思潮的影响,中国绘画在内容和形式上都焕然一新。月份牌,作为20世纪初新兴的商品广告绘画样式,也大胆冲破旧形式的束缚,借鉴、吸收西方绘画技法,描绘开放的社会新气象,成为一扇展现开放精神的窗口。

何为月份牌?顾名思义,它是一种月历。早期的月份牌,画面上会附有年月历表,农历与公历都有,两相对照。后来,月份牌的月历功能逐渐降低,发展成为广告画片。这时,月份牌的绘画美更加引起人们的重视,本应大肆宣扬的广告内容只写在精致的边框上,而作为装饰的图像却占有大幅版面,位置醒目。然而,对于图像的"喧宾夺主",人们都不以为意,反而把月份牌带回家,"悬诸面壁"。可见,人们对月份牌所画的图像是何等喜爱!不可否认,这份喜爱也会使观赏者的思想在日日的熏陶中,受到月份牌图像传递的观念的影响。为了促进人们思想的解放,月份牌展现的"世界"应经历一番"淘洗",顺应开放精神,展现日渐开放的社会一隅。由此,很多月份牌画家都陆续开始变革,郑曼陀就是其中最有贡献的一位。

郑曼陀

郑曼陀,名达,字菊如,笔名曼陀。他被认为是民国时期最杰出的广告画革新者。要想革新,就要首先审视月份牌绘画的状况。当时的月份牌所画多为古装仕女形象,美则美矣,但与轰轰烈烈的女权运动中不断解放的女性新风貌相违背。所画不管是"顾家妇清心玉映,自是闺房之秀"的大家闺秀,还是"碧玉小家女,不敢攀贵德"的小家碧玉,都是女性被拘囿于闺房之中、难见广阔天地的真实写照。对女性的刻画不管是"指若削葱根,口若含朱丹,纤纤作细步,精妙世无双",还是"娴静时如娇花照水,行动处似弱柳扶风",也更多是以一种赏玩的眼光审视的结果。那"纤纤玉足",那"弱柳扶风",也无一不诉说着旧社会对女性的摧残。郑曼陀深知,要想实现革新,月份牌图像的主角必须改换,这样才能打破画坛古装旧仕女画的僵化局面,描绘出日渐开放的新时代的特色。由此,他试图驱散陈旧,就在此时,他把眼光投射到女学生身上。

女学生作为新女性的代表,是社会在新思想的熏陶下,走向开放的结果。她们也是最能体现社会开放精神的群体之一。为了更真实地描绘这些"弄潮儿",郑曼陀深入社会,有时候甚至在当时最为繁华的南京路上待上一整天,只为了能切实感受到日渐开放之风,去捕捉她们最真实的情状。如此,他笔下的女学生成为了还原当时社会日趋开放的风气的不可缺少的美丽风景线。1920年为"中国南洋兄弟烟草有限公司"绘制的月份牌中,他就绘制了一个短发女学生的形象。女学生双足悬空坐在花园的栏杆上,穿着无领短袖盘纽扣襟衫,下面是黑底白格裙,左手还拿着一本书,放在胸前,右手支撑着栏杆,身体斜倚,眼含笑意。这幅画在现在看来似乎很平常,但殊不知,它汇集着当时社会历经长久的斗争才赢得的新变化。她那短发,那见光的天足,那露着的脖领、洁白的胳膊,都在诉说着女性摆脱封建戒律的牵制、冲破礼教禁忌的束缚后身体得到的空前解放。那书昭示着作为知识女性的她们,此时不再是男性的附属品,不再以别人的意志为转移,而有了自己独立的思想,追求自己个人的价值。那无领短袖襟衫,那裙子,也是人们摆脱传统服饰中诸如肥衣广袖等限制,赢得穿着自由的象征,在简单不繁复的衣着中,彰显着"现代"女学生的青春之美。

1920年为南洋兄弟公司所绘

除了这一月份牌,在他的其他月份牌绘画中我们也可以感受到开放社会的方方面面。在以《女子打网球》为代表的一些作品中,他塑造了参加体育运动的女学生形象。这时的女学生就是健康的符号,不再是畸形的、病态的,而是热情的、有活力的,充满了生命的灵动。在以《乘火车》为代表的作品中,他又描绘了很多走向"外面世界"的女性。还记得沈从文在《萧萧》中提及"女学生"时写道:"她们在省里京里想往什么地方去时,不必走路,只要钻进一个大匣子中,那匣子就可以带她到地。"那时候,在人们的印象中,女学生就如同洪水猛兽一般。在保守思想的禁锢下,人们不仅对"女学生"的认识很模糊,对开放的交通方式也不甚明了。郑曼陀绘画"大匣子"中的女学生,无疑在很好地反映社会新变化的同时,兼具启蒙之效。

郑曼陀不仅在对女学生形象的塑造上体现开放的特色,在女学生

在海轮上

所在的背景的选择上,他也用心良苦,希冀展现新时代的特色。除了海轮、火车、走廊、郊外小路、花园等各种室外场景,他还描绘了不同于往昔的室内场景。他笔下的室内布置着地砖、油画、壁炉、沙发等,无不体现出西方的风格。更值得一提的是,这些室内装饰的色调以白色为主。众所周知,白色在传统观念中是丧服的颜色,往往被认为是不吉利的。而在西方,白色可以传达纯洁、优雅等信息。可见,人们接受西方的观念,打破了传统旧观念中关于白色的禁忌,思想更加开放。

郑曼陀以女学生为主角,对月份牌的图像内容进行改革,从而用图画绘出整个社会日渐开放的新风气。此外,他还怀着开放的精神,借鉴和吸收西方写实主义的绘画技巧,首创炭粉擦笔画,亦完成对传统绘画技法的变革,从而使月份牌在内容和形式上都焕然一新。

月份牌室内景象

所谓"炭粉擦笔画",就是用线描的手法先勾出人物的轮廓,再用炭精粉淡化线条和笔触,并擦出一种明暗变化,然后用水彩层层敷染,从而画出人物在自然光照下的立体感以及肌肤的柔和质感。炭粉擦笔画的出现是为了解决传统表现手法的不足。传统的表现手法采用的是单线造型,平面着色,这种画法下人物平面化,不传神。郑曼陀意识到这个问题,想方设法予以解决。这时,他想到早前看到的流行江南的"西洋镜"画和风俗画明显带有洋画的明暗透视法。那光影交替产生了前所未有的真实感,正好可以解决传统画法的弊病。于是,他怀着开放的精神,将西方水彩画革命性地与中国传统月份牌人像写真艺术结合起来。我们都知道,在封建社会时期,人们大多在"天朝上国"的意识中夜郎自大地沉睡着。晚清以来,人们才开始有意识地向西方学习。提出诸如"师夷长技以制夷""中学为体、西学为用"等主张。直到新文化运动以后,人们的思想更加开放,才更主动地学习和借鉴西方文化。郑曼陀能有开放的胸怀去借鉴、吸收西方的绘画技法是十分难能可贵的。正是凭借这种开放的精神,他才"按照中国传统赋色的原则与方法,配合西洋的水彩画法,以更充分地表现质感、量感和空间感,补充了国画单纯平涂渲染的不足,同时令画面色调丰富,讲明暗、显透视,效果真实,描写细腻,效果自然至纯至美了"。1919年,他为大昌烟草公司绘制的《贵妃出浴图》的月份牌,线条舒展、层次分明,人物形象轻盈娇媚、惟妙惟肖,让人叹为观止。这些

《贵妃出浴图》

都得益于郑曼陀怀着开放的胸怀去借鉴西方技法,也正因如此,他才完成了月份牌画在创作技术上的最终定型。

郑曼陀对月份牌内容和形式的成功变革充分彰显了开放的精神,这也鼓舞了其他的画家用图画去绘制出新时代的特色。比如,杭稚英塑造了新时代上海摩登女郎形象。这些摩登女郎穿着开衩或高或低、领口或宽或窄的旗袍,大面积露着脖颈和手臂。她们有的打着高尔夫,有的骑着自行车,都是开放社会的风向标。在绘画技巧上,郑曼陀也鼓舞了其他画家怀着开放的胸襟去学习,去借鉴。比如,梁鼎铭就

将西方油彩与中国水墨写意相结合、线描与晕染相结合,再融合擦笔水彩画技法创立了以西方古典写实绘画为主要风格的重彩类月份牌,表现的画面具有英雄般的宏伟气势。杭稚英等人吸收和借鉴了西方卡通形象(如白雪公主等)的造型、动势特点,进一步融合西方技法发展擦彩技法。

月份牌作为历史的记录者,为百年之后的我们重现了那个日渐开放的社会。这让我们反思,文艺样式也可以成为展现开放社会的一条通路,并通过讲述时代的故事,来促进人们的思想观念更加开放。同时,在各种艺术样式上,我们都不能故步自封,在借鉴传统之上也要用开放的思维融合更多进步的想法。如此,它们才会更加具有魅力。

| 知识链接 |

新美术运动

郑曼陀对月份牌技法的改革,使其所画的图象异常逼真,这符合新美术运动推崇的写实精神。新美术运动发端于康有为、梁启超变革中国传统文人化的呼声。1917年康有为在《万木草堂画目》的序文中指出"中国近世之画衰败极矣",这主要是由于人们崇尚写意、轻视写实造成的。梁启超发挥了康有为的思想,提出"真美合一"的主张。接着,陈独秀则提出了美术革命的具体主张,认为要改良中国画,断不能不采用洋画的写实精神。之后,新美术运动在全国轰轰烈烈展开,使得通俗化、大众化的新写实主义美术成为时代宣扬的主旋律,这对其后中国美术的发展产生了巨大而深远的影响,昭示着中国现代美术的开端。

新文化运动与百年中国

新村主义的失败与启示

新文化运动如同火焰般点燃了中国知识分子改造社会的热情,使他们意气风发,怀着责任感和使命感,纷纷投入到为中国寻找出路的探索中,从而掀起了一股社会改良思潮。新村主义,就是这股思潮中不可忽视的一部分。虽然以新村主义为指导的实践是乌托邦式的镜花水月,并最终以失败告终,但其失败却启示知识分子去进行更为理性的思索,最终让他们找到了中国真正的出路并推动中国走上社会主义的康庄大道。同时,它勾画出的美好成为人们不灭的梦想,让后人一直悬挂于心,追逐向前。

新村主义最早是由日本的白桦派学者

武者小路实笃

武者小路实笃提出的。1918年,在《新村》杂志中,他主张通过建立"新村",使人都过上"人的生活"。在他设想的"新村"中,不再有压迫,不再有剥削,人人平等互助,处处友爱幸福。这是一幅多么美好的图景!为了使这个图景成真,不久他就发起了新村运动,先后在日本九州日向、儿汤郡建立了两个"新村",然后在东京、大阪、京都、神户等地建立了21个"新村"支部。他还梦想着,能在全世界普遍建立"新村",实现处处皆是理想社会的愿景。诚然,这愿景很美好,但在日本却没有被足够地重视,最后只能不了了之。然而,让人意想不到的是,它如同礼花,在相距不远的中国上空绽放了。虽然有些短暂,但却十分耀眼。这要首先得益于周作人的倡导。

周作人,新文化运动中的"急先锋",他是新村主义最早且最主要的倡导者。1919年3月,他在《新青年》上发表《日本的新村》一文,文中指出,新村的目的是让人们过上正当的人该有的生活,一种以协力与自由、互助与独立为根本的生活,从而建立一种各尽所能、各取所需的社会。对于新村主义,周作人予以了高度赞赏。他说,这是一种"切实可行的理想,中正普遍的人生的福音"。为了不纸上谈兵,同年7月,周作人花了半个月的时间访问了日本新村本部和支部,而且亲自在日向"新村"里体验了四天所谓"正当人的生活"。这生活让他流连忘返,在晚年回忆时他还说道,那时的他对新村主义饱含着仿若对宗教一样的兴奋和教徒般的热心。在亲眼所见"新村"之后,他无法不将内心的激动传递出去。于是,他开始在各地进行讲演,宣扬他所坚信的新村主义思想。比如1919年11月,他在天津发表题为《新村的精神》的讲演,1920年6月,他又在北京进行了题为《新村的理想与实际》的讲演。这些讲演,无疑都扩大了新村主义的影响,周作人多次强调的新村理想——正当的人的生活,也深深地感召着人们的心灵。

在他之后,新文化运动的旗手、主将们也对新村主义予以支持。尤其是李大钊。此时的他已经是一名马克思主义者,对胡适的资产阶级改良主义予以批驳,但却对新村主义予以赞扬。在《再论问题与主义》一文中,他说:"这种高谈的理想,只要能寻一个地方去实验,不把它作了纸上的空谈,也能发生些工具的效用,也能在人类社会中有相当的价值。"1920年,李大钊还发表了《美利坚之宗教新村运动》和《欧文的略传和他的新村运动》两篇文章,希望以此为人们提供参考。在这些宣传和支持下,当时社会上形成了一股新村主义的思潮。

思潮滚滚,关于新村主义的实践也不断进行。20世纪20年代初,一些知识分子积极创建"新村",掀起了"新村运动"。1920年春,归国华侨余毅魂、陈视明等人购买了二十五亩地和一头耕牛,在江苏省昆山县建立"知行新村"。他们一起劳动,共同学习,企望建成一个理想的"新村"试验地。他们的实践还引发多

王拱璧

人前去访问。书画家思翁曾为他们写了一副对联,描述了他们的生活状态:"日出而作,日入而息;各尽所能,各取所需。"同年,王拱璧在河南省西华县组建"青年村",他幻想建成"人人有劳动,家家有地种,贫富有饭吃,男女有权柄"的"新村"家园。当然,"新村"的建设实践不仅局限在农村,因感到读书人在乡村难以维持学习和生活,王光祈最先把新村主义的理想扩展到了城市。加之他早年因家道中落而半工半读,他希望建设一个"人人读书,人人劳动"的工读互助的理想社会。于是,他在北京组织了工读互助团,团员每日工作六小时,读书三小时,其余时间才可以娱乐与自修。他的做法引发了人们的强烈共鸣。一年里,武昌、南京、天津、广州、扬州也都成立了工读互助团。

这些实践看似如火如荼地进行，但都好景不长。没多久，"知行新村"无力经营，"青年村"遭到土匪的洗劫，工读互助团因经济紧张等问题，都陆续失败了。新村主义处处碰壁，终于从1920年12月开始，步入沉寂。

这样一个饱含着人们期盼的想法为什么会失败呢？对此，知识分子沉下心来，从感性的冲动转向了理性的思考。这时的他们，都看到了新村主义乌托邦般的空想色彩。1920年，瞿秋白在《读〈美利坚之宗教新村运动〉》中指出新村的存在、发展、衰落与组织新村的人的意志、理想紧密相关，如果意志和理想不能够养成，新村也就组织不起来。梦良也著文《新村批评》，引发人们思考这种社会改造的方法，"对于中国社会情形，是否相宜"，并且敏锐地指出当时"组织新村，只能脱离社会上经济的支配，不能脱离政治的支配""中国的社会穷极了，那有能力成立新村"。正如他所说，新村主义与当时社会的实际现状相脱节，缺少必要的政治、经济条件，难以制定切实可行的方针措施。同时，我们也会发现，这一蓝图不可能发动广大民众参与其中，只是乌托邦式的镜花水月，难以实现。这一切都启示人们：中国社会要想全面改造，必须经过阶级斗争。由此，新村主义的信奉者们纷纷转向接受马克思主义。1920年11月25日，毛泽东在《致向警予》的信中就写道："政治改良一途，可谓绝无希望，吾人唯有不理一切，另辟道路，另造环境一法。"这"法"即指马克思主义。他接受马列主义学说，开始掌握无产阶级革命和无产阶级专政的理论，由一个革命民主主义者逐步转向一个共产主义者，同时还带动恽代英、林育南等更多的人实现了向马克思主义的转变，终于，人们踏上了可以真正改造社会的社会主义之路。

如今，我们再回首新村主义思潮时会发现，虽然新村主义在中国没有也不可能实现，但是它的影响不可低估。它是先进的中国人在寻求救国救民的道路上的探索，正是由于新村主义的不可实现性，才启发人们进一步追求真理,最终找到了马克思主义,走上了社会主义的道路。新村主义寄托人人平等、互助友爱、共同劳动、共同生活的新农村的美好愿望也一直在人们心头挥之不去,以它为源头,新农村建设蒸蒸日上。十一届三中全会之后,党中央制定了《当前农村经济政策的若干问题》《关于1984年农村工作的通知》等农村改革史上的前五个"一号文件",顺应和指导农村改革,给我国农村带来了巨大变化。之后,中国农村建设的思想不断创新,"三农"问题成为全党工作的重中之重。2006年的"一号文件"《中共中央国务院关于推进社会主义新农村建设的若干意见》指出,要按照"生产发展、生活宽裕、乡风文明、村容整洁、管理民主"的要求,协调推进农村经济建设、政治建设、文化建设、社会建设和党的建设。这些都是在"新村主义"的启示和指引下不断前进取得的成果。"新村主义"勾画的美好梦想将是我们不断前行的目标,让我们一步步走向那个充满平等、自由、友爱、和平的乐园吧!

| 知识链接 |

"三农"问题

"三农"问题是指农村、农业、农民这三大问题,它作为一个概念被提出是在20世纪90年代中期。其主要表现在:一是中国农民数量多,农民问题解决起来规模大;二是中国的工业化进程单方面独进,"三农"问题积攒的时间长,解决起来难度大;三是中国城市政策设计带来的负面影响和比较效益短时间内凸显,解决起来更加复杂。新世纪以来,"三农"问题更被重视,被称为"全党工作的重中之重",对其认识也更深入。在2008年党的十七届三中全会通过的《中共中央关于推进农村改革发展若干重大问题的决定》中,对"三农"问题用"三个最需要"(农业基础仍然薄弱,最需要加强;农村发展仍然滞后,最需要扶持;农民增收仍然困难,最需要加快)进行了总结,由此提出了农村改革发展的指导思想、基本目标任务和遵循原则,并指出"三农"问题是中国改革的焦点问题。

新文化运动与百年中国

改造中国社会的良方

近代中国,伴随着纷至沓来的战争、接踵而至的不平等条约,每一寸空气都裹挟着血腥和屈辱的味道。到了新文化运动时期,帝国主义连同封建主义、官僚资本主义如同三座大山,一起压在中国人民的头上。中国大地渐渐满目疮痍,巍巍中华愈发岌岌可危。为挽救国家危亡,中国人前仆后继寻找救国良策。终于,在不胜其数的尝试与失败之后,中国人找到了马克思主义。就这样,马克思主义与中国革命不断结合,终成改造社会的良方。

找到"良方"之前的探索之路是十分坎坷的。太平天国时期,农民幻想平均分配财富,建立一个"有饭同吃、有地同耕"的理想社会,主张绝对平均主义;洋务运动时期,洋务派兴办军事工业,建立由新式武器装备的中国陆军和海军,宣传经世致用主义;维新变法时期,维新派对封建体制进行渐进改良,为寻找合理性,倡导进化论思想;辛亥革命时期,资产阶级革命派用民主革命的思想对中国进行改造,传播民约论……他们,不管是农民阶级、地主阶级还是资产阶级,采用的不管是绝对平均主义、经世致用主义,还是进化论、民约论,都没能改变中国贫穷落后挨打的局面,也无法领导中国革命取得胜利。那么改造中国社会的良方究竟是什么?又究竟掌握在谁的手中呢?就在人们苦苦探求之际,工人阶级进入了人们的视野。

太平天国

工人阶级是在"三座大山"的压迫下苦苦支撑的一群人。他们长期忍受着工作时间长、工资低、毫无政治权利等痛苦,在水深火热中艰难地求生存。这样的状态使得他们的内心必然翻腾着愤懑的怒火,易成为最具革命性的阶级。同时,第一次世界大战期间,西方列强忙于战争,暂时放松了对中国的侵略。伴随着民族资本主义的迅速发展,工人阶级也不断壮大。1919年,中国工人阶级已经增加到200多万人,比一战前增加了100多万人。可见,工人阶级正迅猛地发展,不容置疑地成为了新生的革命力量。紧接着,五四运动爆发,工人阶级团结一心,多次罢工,最终使北洋军阀政府妥协。这一成功更使知识分子看到了工人阶级的力量。由此,知识分子深知,随着工人阶级力量的壮大和革命运动的发展,中国迫切需要一个代表广大劳苦民众利益的思想理论来进行指导。这种理论,要"既来自西方,又是完整的、各方面问题都涉及、能够指导中国独立自强的意识形态",才可能适合中国的需要。就在这时,以马克思主义为指导的十月革命胜利了。这胜利不仅改变了俄国工人阶级和劳苦大众的命运,也使社会主义的理想在一个大国变成了现实。中国知识分子看在眼里,开始重新考虑中国的出路,终于明白马克思主义正是他们苦苦追求的"救国良方"。

于是,五四运动之后,很多知识分子纷纷开始宣传马克思主义。其实,早在19世纪末20世纪初,马克思主义就已经由留学日本和欧美的中国新型知识分子传入中国。但那时,由于传播渠道单一、介绍内容零碎,甚至存在不少误解,加之受时代和阶级的局限,宣传者并没把它作为指导思想加以信仰,马克思主义当时并未引起人们的真正关注。然而此时知识分子全面系统地介绍马克思主义,并把它与中国革命相结合,使马克思主义从社会主义思潮中的一支涓涓细流变成了磅礴的大潮。

1919年5月,李大钊在《晨报副刊》上开辟《马克思主义研究》专栏,接着他把《新青年》6卷5号编为"马克思主义研究专号",还创作《我的马克思主义观》,较为系统地介绍了马克思主义唯物史观、政治经济学和科学社会主义思想,并指出阶级斗争就如同金线一般把这三大理论串联起来。接着,他主张用马克思主义解决中国社会中的种种问题,强调劳动人民的历史作用。他说,真正的解放"是要靠自己的力量抗拒冲决,使他们不得不任我们自己解放自己……是要靠自己的努力把他打破,从那黑暗的牢狱中打出一道光明来"。他还团结进步青年学习马克思主义理论,鼓励革命知识分子与工人阶级结合,用马克思主义改造中国社会。

除了李大钊,陈独秀也在领会马克思主义的精髓——理论联系实际、实事求是的基础上,宣传马克思主义。他明白马克思主义必须要与中国的具体实际相结合。他说:"以马克思实际研究的精神,研究社会上各种情形,最重要的是现在社会的政治及经济状况,不要单单研究马克思的学理。"为了更清楚地了解工人、农民的实际状况,他经常深入到工厂开展实地调查,不仅主持了《劳动界》《伙友》《劳动周刊》等工人们易懂的宣传马克思主义的刊物,还到工地、夜校去演说,与工人打成一片。1920年,在他的组织下,上海机器工会成立,这不仅表明着马克思主义理论的宣传卓有成效,工人的觉悟提到了一个新的水平,更标志着马克思主义与工人运动开始紧密相结合,为革命的发展奠定了坚实的基础。

劳动界

终于,在他们的宣传之下,马克思主义在中国迅速广泛传播。1920年8月,陈望道译的《共产党宣言》单行本出版。该书的出版反响强烈,首印一千册很快销售一空。同时,在广大青年和进步社团中,学习和宣传马克思主义成为一种明显的趋势和思想主流。广大青年们精神焕发,勇敢地投身于反帝爱国运动,歌颂劳工神圣,开始认识到只有马克思主义才是救中国的真理,并把这种学习同当前的实际斗争结合起来,从中很快涌现出一大批青年马克思主义者。周恩来等就是其中优秀的代表。

周恩来最初接触到马克思主义是在五四运动之前,当时他还在日本留学。那时,他孜孜不倦地阅读著名经济学家、京都帝国大学教授河上肇的《贫乏物语》和幸德秋水的《社会主义神髓》。后来,据一个和他同寄住在东京神田区三崎町的留日学生回忆,他每次外出散步,从来不在马路上溜达,而是走得很快,去书店里翻书阅读。他归国的时候,箱子里还带着河上肇的书。可见,他对马克思主义是多么的热爱。他回国后,更受到五四运动的感染,投身于爱国运动中。1920年1月

29日,他作为总指挥,带领学生奔赴直隶省公署请愿。但不幸的是,他和学生全部遭到逮捕。然而,虽然身处牢笼,但他依旧不忘对马克思主义的宣传。在狱中,他向难友讲解唯物史观、剩余价值、阶级斗争史等。他决心在"赤色旗儿飞扬下""耕耘""播种"终生。在像他一样的知识分子的表率下,瞿秋白、邓中夏、向警予、王若飞等人的思想也纷纷向马克思主义转变。更难得的是,曾经跟随孙中山多年的老同盟会成员朱德、董必武、吴玉章等人,在旧民主主义革命失败后,经过苦闷、徘徊、探索,这时也接受了马克思主义,开始了新的革命斗争。

随着马克思主义者的汇集,1921年7月,中国共产党在上海正式成立。正如毛泽东所说的那样,中国有了共产党是开天辟地的大事变。从此,中国共产党高举马克思主义旗帜,领导中国人民走上人民民主革命的社会主义道路,向压在头上的"三座大山"做最彻底的斗争,中国革命形势焕然一新。终于,历经长久的奋斗,1949年,中国人民迎来了独立自主的新中国。

马克思主义与中国实践相结合使中国摆脱危亡,迎来光明。现在,我们无需以马克思主义为指导去救亡,但我们依旧要以它为指导去建设。十七大报告明确提出要开展中国特色社会主义理论体系的宣传普及活动,推动当代中国马克思主义大众化,并把它作为具有战略性意义的任务;希冀把马克思主义与大众日常生活实践、文化结合起来,由抽象到具体、深奥到通俗,使其成为老百姓生活的一部分,满足大众的需要。2015年2月14日,习近平在陕西考察调研时更加强调要实践创新和理论创新,在毛泽东思想、邓小平理论、"三个代表"重要思想、科学发展观的基础上,继续与时俱进,推进马克思主义不断发展。这些都是马克思主义结合中国具体实践不断丰盈的结果,相信它们是改造中国的良方,也会是建设中国、富强中国的良方。

| 知识链接

上海机器工会

上海机器工会临时会所遗址

上海机器工会是由上海共产党人领导的、第一个纯系工人组成的、真正代表工人利益的新型工会,1920年在杨树浦诞生。发起会议由李中任临时主席,他在会上提出了上海机器工会的宗旨:"无非谋本会会员的利益,除本会会员的痛苦。"陈独秀、杨明斋也分别发表了热情洋溢的演说。会议还讨论通过了《上海机器工会简章》,它是在上海共产主义小组领导下制定的最早的工会组织章程。上海机器工会的建立,标志着"中共发起组"在领导工人运动方面,由宣传教育阶段进入有计划地组织工人的阶段,即由理论付诸实践。党的早期组织对工人运动的领导也进一步加强。

中国特色社会主义理论体系

中国共产党第十七次全国代表大会提出了中国特色社会主义理论体系的科学命题,明确指出:中国特色社会主义理论体系是"包括邓小平理论、'三个代表'重要思想以及科学发展观等重大战略思想在内的科学理论体系"。中国共产党第十八次全国代表大会删除了"等重大战略思想"这几个字,重新表述成"就是包括邓小平理论、'三个代表'重要思想以及科学发展观在内的科学理论体系"。这一理论体系,凝结了几代中国共产党人带领人民不懈探索实践的智慧和心血。

后记

"新文化运动与百年中国"丛书的顺利出版,首先要感谢北京师范大学出版集团安徽大学出版社的大力支持和帮助。感谢北京师范大学出版集团京师普教文化传媒公司赵月华总编辑,本丛书从最初的构思、策划,到最终的出版、发行,始终都离不开赵月华总编辑的辛苦与努力。她始终强调要将本丛书置于社会历史之中,在使之具有历史感与深刻性的同时,用讲故事的方式为广大青少年读者呈现出一幅幅生动的图景。这不仅显示了赵月华总编辑对新文化运动本身所具有的精准把握,更凸显了她卓越的眼光与非凡的智慧。此外,还应该感谢安徽大学出版社陈来社长及各卷图书的责任编辑,他们不辞辛劳,多次参与我们的审稿研讨会,在每一卷图书的编校过程中,都提出了许多宝贵而中肯的意见。

本丛书的各卷作者都是在五四新文化运动所带来的巨大影响下不断成长起来的,多为"80后""90后",他们是今天的新青年,同样也是五四文学历史的年轻一代研究者。正是因为与五四精神相契合,他们才能够为读者呈现出带有活力的新思想与新观点。另外,特别要感谢张悦、郝思聪、康巧琳、白华召等研究生,他们在后期校对书稿等方面付出了大量的心血与汗水。

从开始策划到完稿,时间较为仓促,因此,难免会有一些纰漏与不足,还请各位读者给予指正!我们希望广大青年朋友喜爱这套丛书,因为我们的心是相通的!

刘　勇　李春雨
2015 年 6 月